Spanish Picture Dictionary

For information address Disney Press, 114 Fifth Avenue, New York, New York 10011-5960.

First Edition
2 3 4 5 6 7 8 9 10

Library of Congress Catalog Card Number on file.

Printed in Belgium
ISBN 0-7868-3612-1
For more Disney fun, visit www.disneybooks.com

CONTENIDO

CONTENTS

INTRODUCCIÓN

INTRODUCTION

Packed with a broad range of words and phrases, Disney's *Spanish Picture Dictionary* is an illustrated dictionary that has been created for children from 6 to 10 who are learning Spanish as a second language. Together with the stars of their favorite Disney comics and films, young readers will find learning the essential vocabulary of Spanish easy — and fun! Disney's *Spanish Picture Dictionary* isn't just great for home learning — it's also a valuable teaching tool for the classroom.

WHY DISNEY?

Well known and much loved by children, Disney characters are the perfect companions for learning a foreign language. Full-color scenes and cartoons featuring the characters lead readers on a fantastic journey full of visual and linguistic stimulation.

WHY THEMATIC?

Disney's *Spanish Picture Dictionary* is organized into themes. From everyday situations — family, home, school, the body — it moves on to explore less familiar areas — the city, nature, outer space — and finally reaches the world of fantasy and fairy tales. The dictionary reflects the way children of this age learn languages — they pick up ideas more readily when they are connected to themes and situations that are interesting and familiar.

HOW THE DICTIONARY WORKS

A double-page spread containing all the relevant Spanish words is dedicated to each topic. Each word is illustrated and accompanied by its English translation. Simple phrases relating to the illustrations show how to use many of the words in context, making the vocabulary come alive on the page. Cartoon scenes at the bottom of some pages present common Spanish colloquial expressions, giving children even more ways to communicate.

Unlike English, all Spanish nouns have a gender — either masculine or feminine. In the dictionary, gender is shown by the definite article ("the" in English):

- *el* for a masculine noun
- *la* for a feminine noun
- *los* for masculine plural nouns
- *las* for feminine plural nouns

When a noun has different masculine and feminine forms that correspond to one English word, both forms are given (e.g., *el músico/la música* — musician).

An easy-to-use reference section at the end of the dictionary includes:

- vocabulary for talking about numbers, shapes, and time
- examples of verb conjugations
- essential elements of Spanish grammar
- a guide to pronouncing Spanish words
- alphabetical word lists (English - Spanish and Spanish - English)

¡HOLA A TODOS!

HI, EVERYBODY!

¡ME LLAMO PATO DONALD! ¿CÓMO TE LLAMAS?

I'm Donald Duck! What's your name?

ME LLAMO DAISY. ¡ENCANTADA DE CONOCERTE!

My name's Daisy! Nice to meet you!

el nombre
first name

....

el segundo nombre
middle name

....

el apellido
last name

....

el apodo
nickname

....

¡HOLA! ¿CÓMO ESTÁS?

Hi! How are you?

¡HOLA, ESTOY BIEN, GRACIAS!

Hello, there! I'm fine, thanks!

LA CARA
THE FACE

el pelo
hair

la nariz
nose

la mejilla
cheek

la boca
mouth

el diente
tooth

el labio
lip

la lengua
tongue

la barbilla
chin

la frente
forehead

la ceja
eyebrow

el ojo
eye

la oreja
ear

el bigote
mustache

la barba
beard

Al rey Tritón le gusta su bigote, pero Sebastián prefiere su barba.
King Triton likes his mustache, but Sebastian prefers his beard.

EXPRESIONES FACIALES

FUNNY FACES

enojarse
to be angry

"¡No te enojes con tu amiga!"
"Don't be angry with your friend!"

aburrido
bored

"¡Estoy tan aburrido!"
"I'm so bored!"

sorprendido
surprised

"¡Estoy sorprendida de verte!"
"I'm surprised to see you!"

CONTRARIOS
OPPOSITES

fruncir el ceño
to frown

sonreír
to smile

"¡No frunzas el ceño! ¡Sonríe!"
"Don't frown! Smile!"

feliz
happy

triste
sad

Sebastián está muy feliz. ¿Por qué está tan triste Ariel?
Sebastian is very happy. Why is Ariel so sad?

tener miedo
to be scared

¡Sulley tiene miedo! ¡Hay una niña pequeña en Monstropolis!
Sulley is scared! There's a little girl in Monstropolis!

emocionado
excited

Andy tiene un juguete nuevo y está muy emocionado.
Andy has a new toy and he's very excited.

EL CUERPO Y LOS 5 SENTIDOS

THE BODY AND THE 5 SENSES

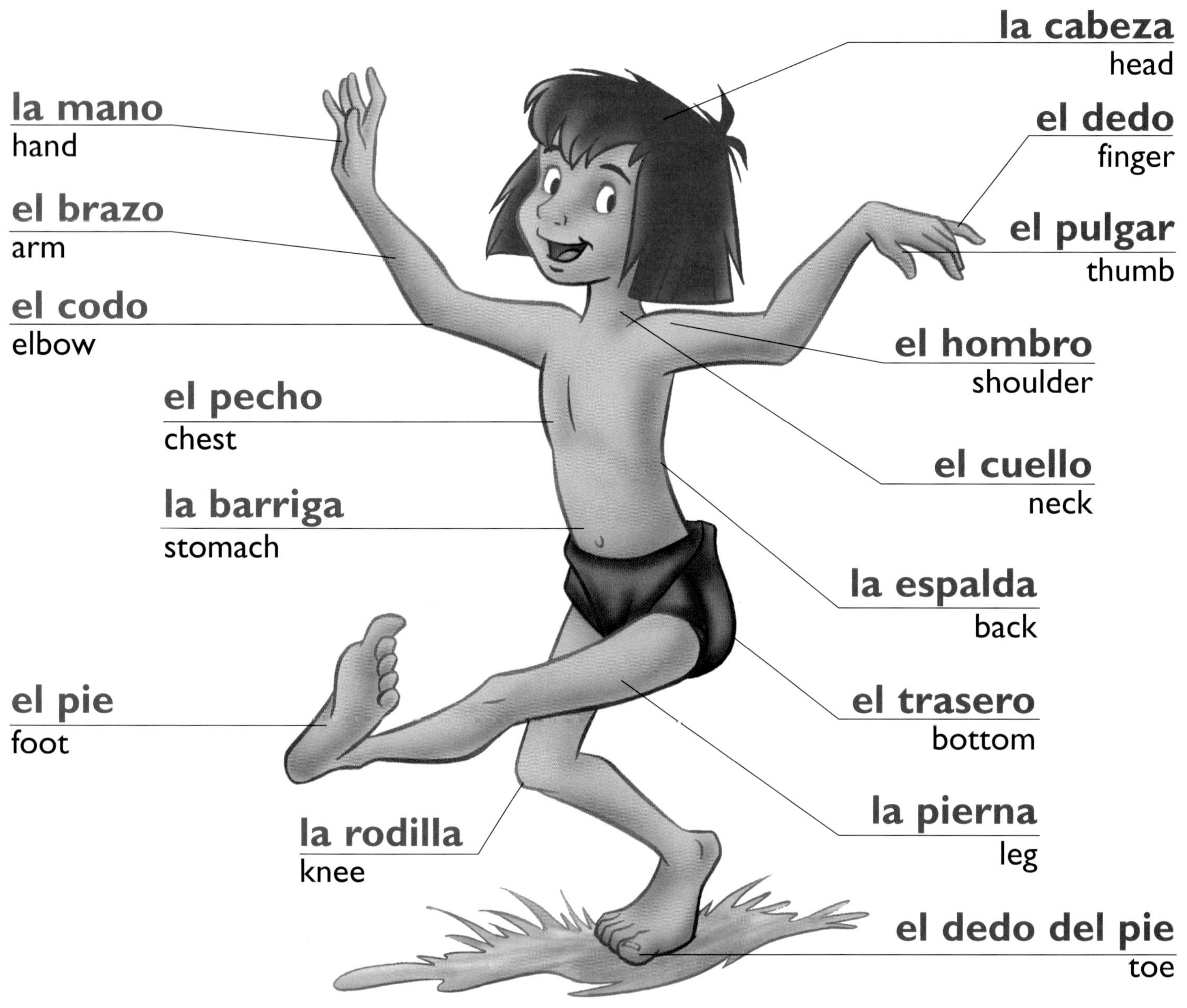

tocar
to touch

"¡No toques eso!"
"Don't touch that!"

probar
to taste

"¡Prueba esta manzana! ¡Es deliciosa!"
"Taste this apple! It's delicious!"

ver
to see

"¡No puedo ver nada!"
"I can't see anything!"

oler
to smell

"¡No puedo oler nada! ¡Estoy resfriada!"
"I can't smell anything! I have a cold!"

oír
to hear

"¿Oyes la música?"
"Can you hear the music?"

escuchar
to listen to

"¡Escúchame!"
"Listen to me!"

sentir
to feel

"¡Siento algo en la espalda!"
"I feel something on my back!"

mirar
to look at

"¡Mírame, cachorrito!"
"Look at me, man-cub!"

¿CÓMO TE SIENTES?

HOW DO YOU FEEL?

el resfriado
cold

"¡No agarres un resfriado!"
"Don't catch a cold!"

estornudar
to sneeze

La pimienta hace estornudar a Lumière.
Pepper makes Lumière sneeze.

la tos
cough

¡Qué tos tan tremenda!
What a terrible cough!

estar cansado
to be tired

"¡Estoy tan cansado!"
"I'm so tired!"

tener sed
to be thirsty

"¿Tienes sed también?"
"Are you thirsty, too?"

tener hambre
to be hungry

"¡Tengo hambre! ¿Qué hay para cenar?"
"I'm hungry! What's for dinner?"

sano
healthy

Correr te mantiene sano.
Jogging keeps you healthy.

la medicina
medicine

el termómetro
thermometer

enfermo
ill

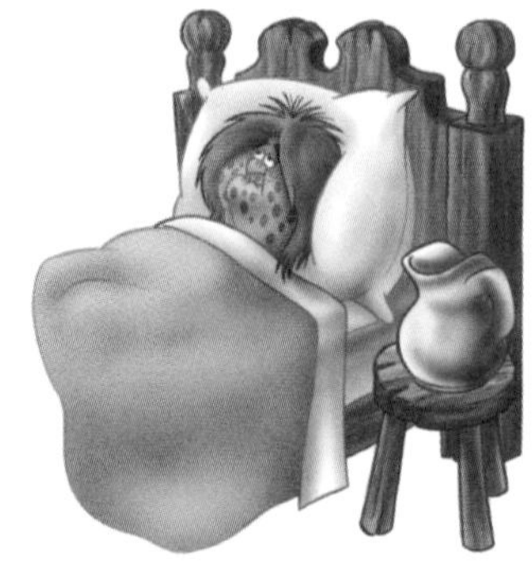

"¡Estás enferma! ¡Quédate en la cama!"
"You're ill! Stay in bed!"

la fiebre
fever

"¡No puedo trabajar! Tengo fiebre."
"I can't work! I have a fever."

DESCRIBIENDO A LAS PERSONAS

DESCRIBING PEOPLE

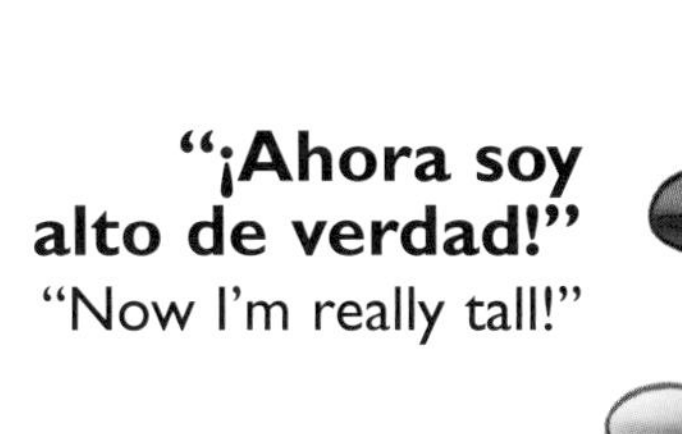

alto
tall

"¡Ahora soy alto de verdad!"
"Now I'm really tall!"

bajo
short

¡Pero también está bien ser bajo!
But it's also nice to be short!

débil
weak

fuerte
strong

Donald es débil.
Donald is weak.

¡Tío Gilito es muy fuerte!
Uncle Scrooge is really strong!

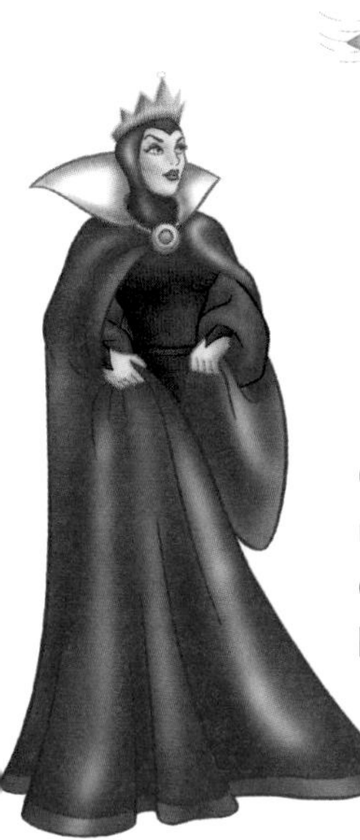

bello
beautiful

Grimhilde es una bella reina.
Grimhilde is a beautiful queen.

feo
ugly

Algunas veces se convierte en una bruja fea.
Sometimes she becomes an ugly witch.

guapo
handsome

"¡Eres tan guapo!"
"You're so handsome!"

largo
long

Ella tiene el pelo largo.
Her hair is long.

corto
short

Ahora, tiene el pelo corto.
Now she has short hair.

grande
big

Gus está demasiado grande para ese abrigo.
Gus is too big for his coat.

delgado
thin

¡Y Jaq está demasiado delgado!
And Jaq is too thin!

LA FAMILIA

THE FAMILY

la madre
mother
la mamá
mom/mommy

el padre
father
el papá
dad/daddy

la hermana
sister

el hermano
brother

el hermanito
little brother

el hombre
man

El señor Darling es un hombre alto.
Mr. Darling is a tall man.

el niño
boy

Miguel es un niño listo.
Michael is a clever boy.

la niña
girl

Wendy es una niña dulce.
Wendy is a sweet girl.

la mujer
woman

La señora Darling es una mujer elegante.
Mrs. Darling is an elegant woman.

persona + persona = personas
person + person = people

¡Una persona, dos personas!
One person, two people!

madre + padre = padres
mother + father = parents

Los padres quieren a sus hijos.
Parents love their children.

cariñoso
affectionate

"¡Ariel, hoy estás muy cariñosa!"
"Ariel, you're so affectionate today!"

el niño/la niña
child

el adulto
adult

¡Dentro de cada adulto se esconde un niño!
A child is hidden inside every adult!

hijo + hija = hijos
son + daughter = children

"¡Aquí están mis hijos!"
"Here are my children!"

amar
to love

"¡De verdad te amo!"
"I really love you!"

besar
to kiss

"¡Deja de besarme!"
"Stop kissing me!"

abrazar
to hug

Kala está abrazando al pequeño Tarzán.
Kala is hugging little Tarzan.

LAS MASCOTAS

PETS

el gato
cat

¡Los gatos son animales juguetones!
Cats are playful animals!

el perro
dog

¡Un perro es un amigo maravilloso!
A dog is a wonderful friend to have!

el pez dorado
goldfish

el hueso
bone

la tortuga
turtle

el gatito
kitten

Un gatito es un gato pequeño.
A kitten is a baby cat.

el cachorro
puppy

Rolly es un cachorro.
Rolly is a puppy.

el ratón
mouse

"¡Hola, soy un ratón!"
"Hello! I'm a mouse!"

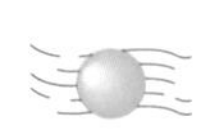

llevar de paseo
to take for a walk

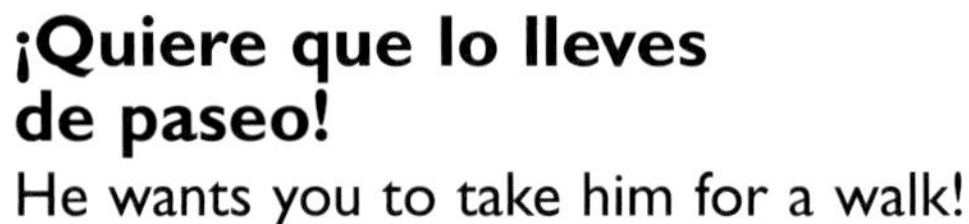

¡Quiere que lo lleves de paseo!
He wants you to take him for a walk!

cuidar
to take care of

Cuidar a los animales es muy importante.
Taking care of animals is very important.

el conejo
rabbit

Los conejos tienen las orejas largas y los pies grandes.
Rabbits have long ears and big feet.

el animal
animal

"¡Me encantan todos los animales!"
"I love all kinds of animals!"

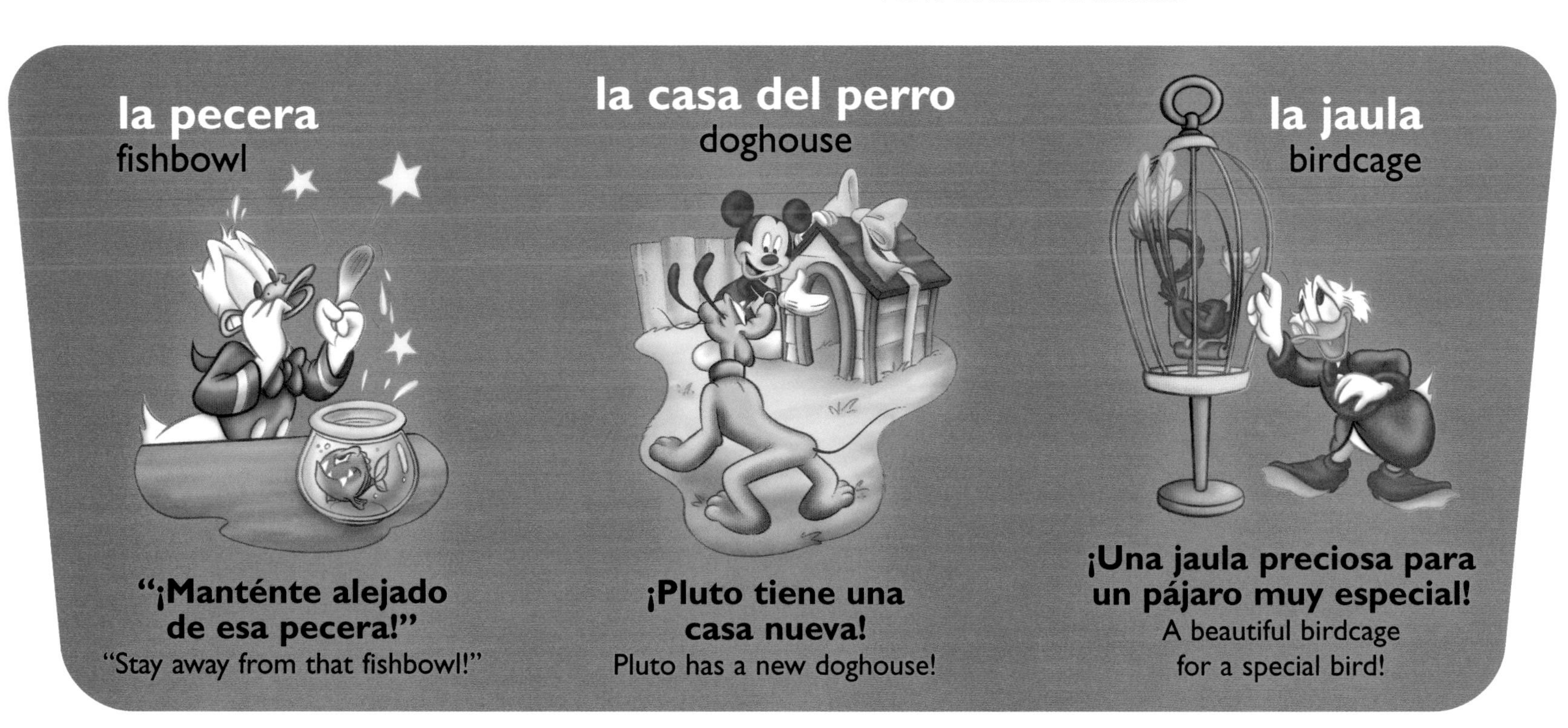

la pecera
fishbowl

"¡Manténte alejado de esa pecera!"
"Stay away from that fishbowl!"

la casa del perro
doghouse

¡Pluto tiene una casa nueva!
Pluto has a new doghouse!

la jaula
birdcage

¡Una jaula preciosa para un pájaro muy especial!
A beautiful birdcage for a special bird!

arañar/rascar
to scratch

¡Arañar es divertido!
Scratching is fun!

morder
to bite

"¡Oye! ¡Deja de morder mis pantuflas!"
"Hey! Stop biting my slippers!"

acariciar
to pet

"A mi tigre le encanta que lo acaricie."
"My tiger loves it when I pet him."

DENTRO Y FUERA DE LA CASA

INSIDE AND OUTSIDE THE HOUSE

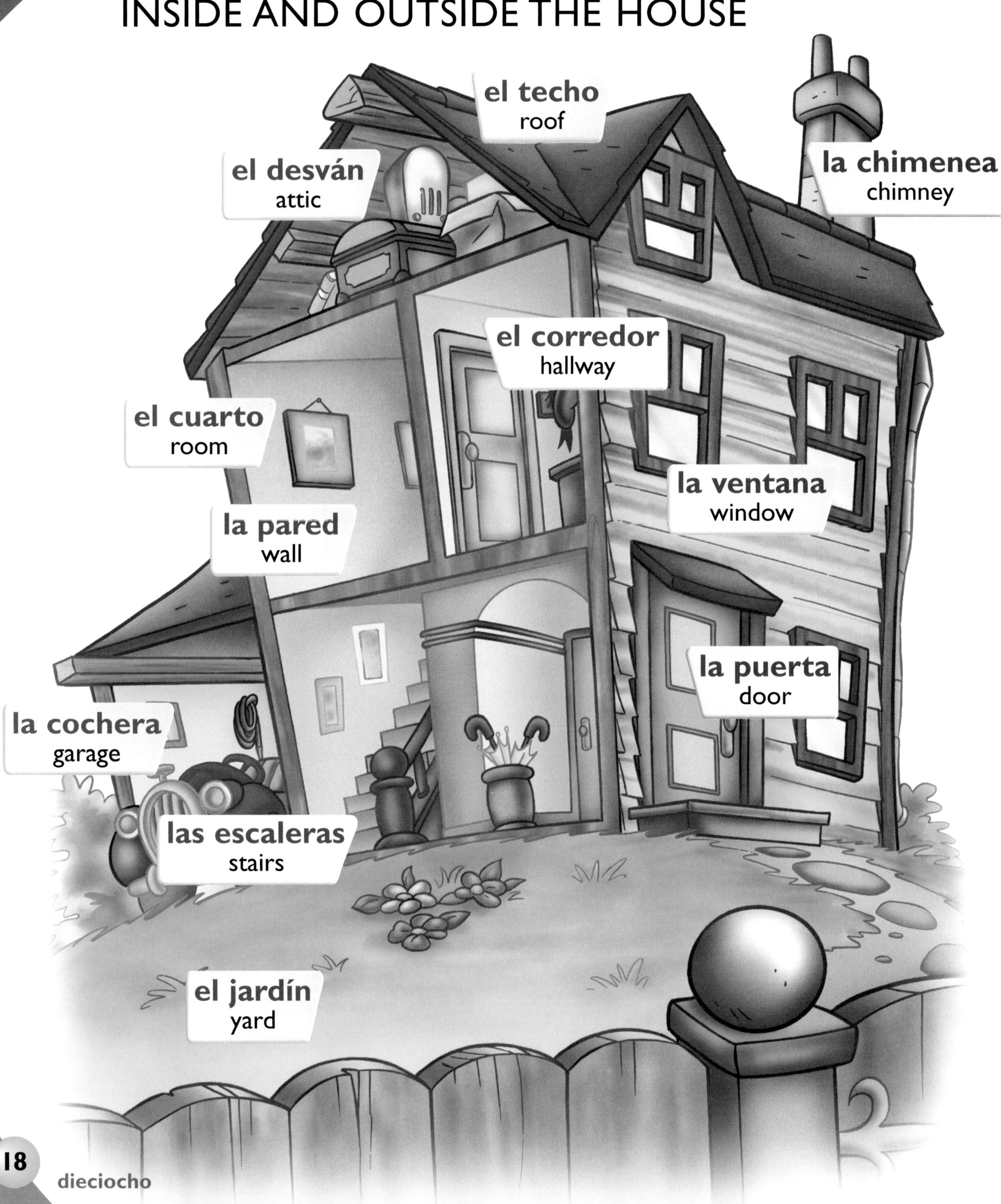

el jardín de enfrente
front yard

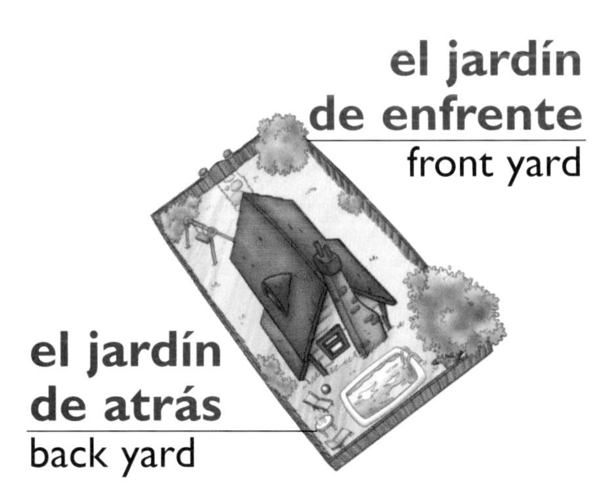

el jardín de atrás
back yard

Hay un columpio en el jardín de enfrente y una piscina en el jardín de atrás.
There's a swing in the front yard and a pool in the back yard.

la llave
key

el balcón
balcony

el timbre de la puerta
doorbell

vivir
to live

Donald vive en una casa con jardín.
Donald lives in a house with a yard.

CONTRARIOS
OPPOSITES

arriba
upstairs

abajo
downstairs

Arriba se están divirtiendo mucho. ¡Abajo, él no puede leer el periódico!
They are having fun upstairs. Downstairs he can't read his newspaper!

abrir
to open

"¡Qué calor! ¡Voy a abrir la ventana!"
"It's hot! I'll open the window!"

cerrar
to close

"¡Ayúdeme a cerrar la puerta!"
"Help me close the door!"

llamar a la puerta
to knock

"¡Santo Cielo! ¡El tío Gilito está llamando a la puerta!"
"Oh dear! Uncle Scrooge is knocking on the door!"

el vecino/la vecina
neighbor

"Mi vecino es un verdadero fisgón."
"My neighbor is a really nosy person."

LA RECÁMARA

THE BEDROOM

el despertador
alarm clock

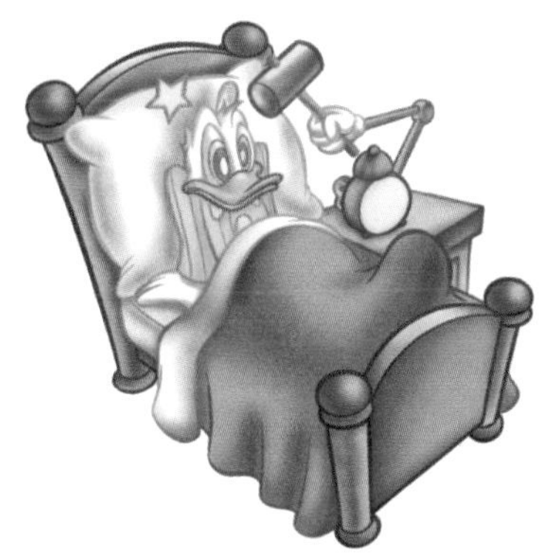

¡A Donald no le gusta escuchar el despertador!
Donald hates to hear his alarm clock!

la muñeca

doll

Lilo lleva a su muñeca a todas partes.
Lilo takes her doll wherever she goes.

el armario
closet

"Necesito un armario más grande."
"I need a bigger closet."

el rompecabezas
jigsaw puzzle

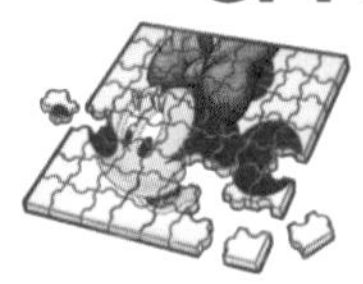

el libro de cuentos
storybook

el juego de mesa
board game

el cartel

poster

el pijama
pajamas

las pantuflas
slippers

el juguete
toy

"¡Andale! ¡Déjame jugar con tus juguetes!"
"Come on, let me play with your toys!"

la marioneta
puppet

"¡Esta marioneta y yo nos parecemos demasiado!"
"This puppet and I are too much alike!"

el osito de peluche
teddy bear

"¡Este es mi osito favorito!"
"This is my favorite teddy bear!"

la cobija

blanket

"¡Me encanta esta cobija!"
"I love this blanket!"

EL BAÑO
THE BATHROOM

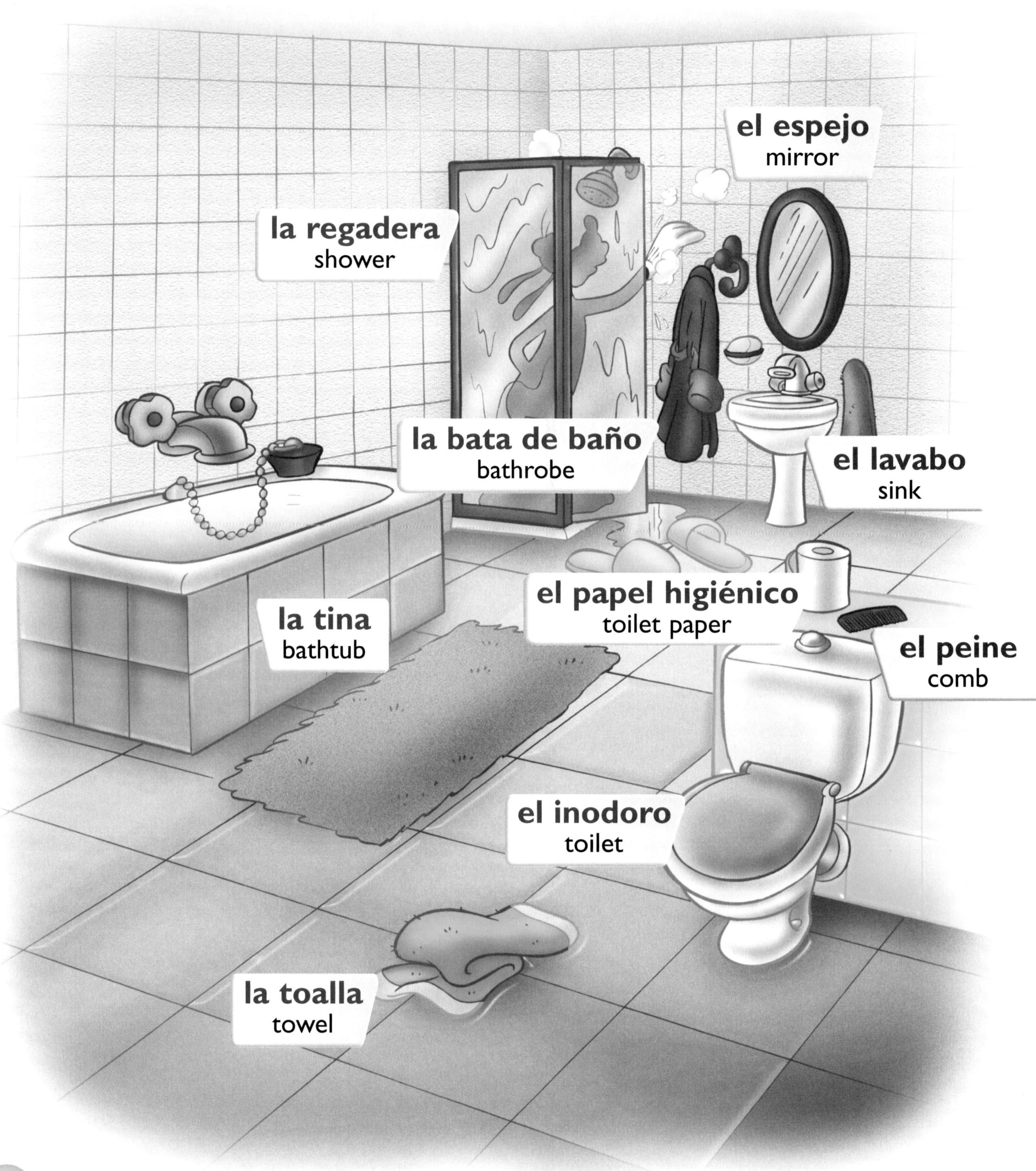

afeitarse
to shave

Los caballeros se afeitan todos los días.
Gentlemen shave every day.

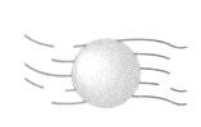

el jabón
soap

el champú
shampoo

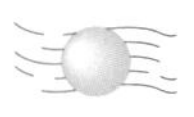

los pañuelos de papel
tissues

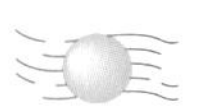

cepillarse los dientes
to brush your teeth

"¡Cepíllate los dientes tres veces al día!"
"Brush your teeth three times a day!"

el cepillo de pelo
hairbrush

"Lumière, ¿dónde está el cepillo de pelo?"
"Lumière, where's the hairbrush?"

la secadora
hair dryer

¡Esta secadora tiene demasiada potencia!
This hair dryer is too powerful!

la pasta de dientes
toothpaste

"¡Me encanta esta pasta de dientes!"
"I love this toothpaste!"

lavar/ lavarse
to wash

"¡Lávate las manos! ¡Están muy sucias!"
"Wash your hands! They're filthy!"

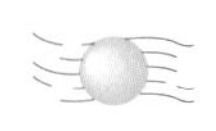

bañarse
to take a bath

Bañarse es relajante.
It's relaxing to take a bath.

el cepillo de dientes
toothbrush

"¡No olvides tu cepillo de dientes!"
"Don't forget your toothbrush!"

LA SALA

THE LIVING ROOM

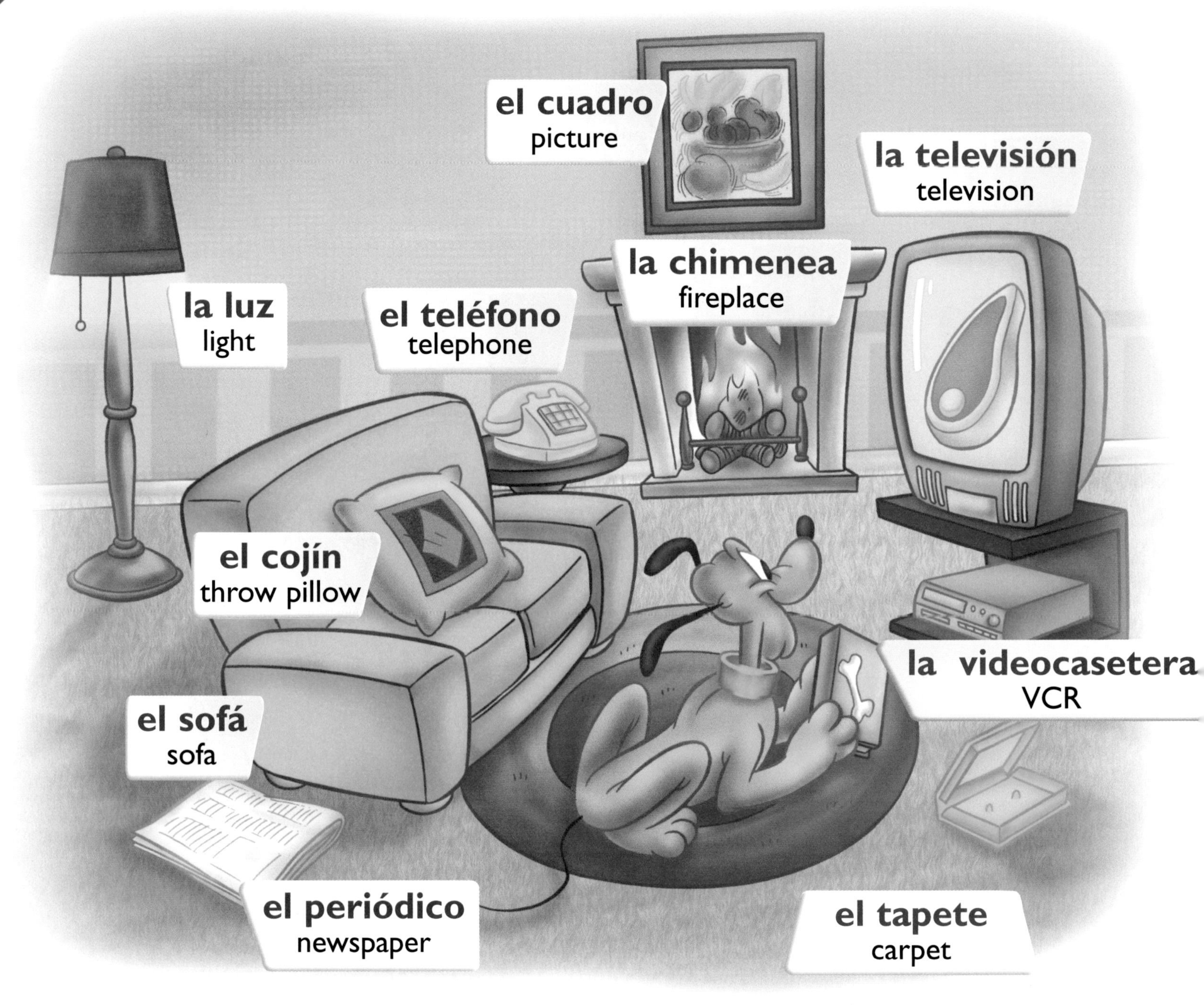

la revista
magazine

el videojuego
video game

¡Ponen videojuegos demasiado a menudo!
They play video games too often!

las gafas
glasses

el control remoto
remote control

el sillón
easy chair

"Este sillón es demasiado viejo"...
"This easy chair is too old..."

la fotografía
photograph

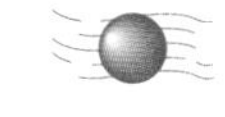

la planta
plant

Las plantas necesitan agua, luz y amor.
Plants need water, sunlight, and love.

colgar
to hang up

"¡Grr! ¡Nunca cuelga su sombrero!"
"Grr! He never hangs up his hat!"

los muebles
furniture

"¡Me encantan los muebles antiguos!"
"I love antique furniture!"

LA COCINA
THE KITCHEN

los cubiertos
silverware

los platos
dishes

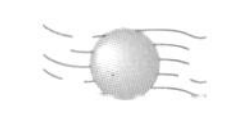

la olla
pot

la sartén
pan

la estufa
stove

beber
to drink

Pluto bebe con una pajita.
Pluto is drinking with a straw.

comer
to eat

¡Es divertido comer helado con un amigo!
It's fun to eat ice cream with a friend!

hornear
to bake

"¡Me encanta hornear!"
"I love baking!"

cocinar
to cook

El Pequeño Juan cocina muy bien.
Little John cooks very well.

el aparador
sideboard

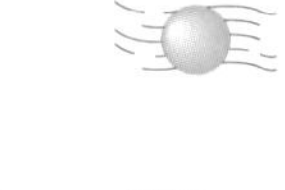

la silla
chair

la mesa
table

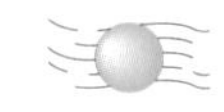

el tostador
toaster

la escoba
broom

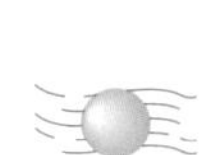

limpiar
to clean

¡Pobrecita! ¡Siempre está limpiando!
Poor thing! She's always cleaning!

el refrigerador
refrigerator

el horno
oven

el microondas
microwave

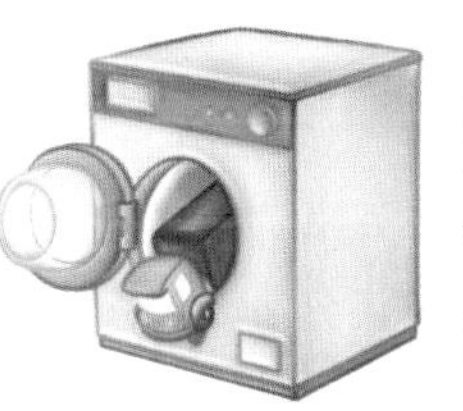

la lavadora
washing machine

el lavaplatos
dishwasher

planchar
to iron

¡Una manera distinta de planchar una corbata!
A different way to iron a tie!

ordenar
to tidy up

"¡Ordena la cocina, por favor!"
"Tidy up the kitchen, please!"

la comida
meal

el bocadillo
snack

Debes hacer tres comidas al día.
You should eat three meals a day.

"Siempre tomo un bocadillo por la tarde."
"I always have a snack in the afternoon."

mezclar
to mix

Mezcla bien para conseguir un pastel esponjoso.
Mix well to get a fluffy cake.

derramar
to spill

"¡Oh, santo cielo! ¡Siempre derramo las cosas!"
"Oh dear! I always spill things!"

servir
to pour

Está sirviendo el té.
He's pouring the tea.

¡DIME DÓNDE!
TELL ME WHERE!

cerca
near

Perdita se queda cerca de Anita.
Perdita stays near Anita.

lejos
far

"¡Pongo, no vayas tan lejos!"
"Pongo, don't go too far!"

bajar
to go down

Él está bajando.
He's going down.

subir
to go up

Ella está subiendo.
She's going up.

alrededor
around

Corren alrededor de la fuente.
They're running around the fountain.

por
through

"¡Está saltando por todo el jardín!"
"He's jumping through my yard!"

delante de
in front of

El sheriff está delante del árbol.
The sheriff is in front of the tree.

detrás
behind

Robin está escondido detrás del árbol.
Robin is hiding behind the tree.

dentro
in

afuera
out

Está dentro de la caja.
She's in the box.

Está afuera de la caja.
He's out of the box.

en
on

Sir Hiss está en el trono.
Sir Hiss is on the throne.

aquí
here

ahí
there

"¡Ven aquí!"
"Come here!"

"¡No te muevas de ahí!"
"Stay there!"

sobre
over

Robin Hood está sobre el trono.
Robin Hood is over the throne.

a
at

Mickey está sentado a la mesa.
Mickey is sitting at the table.

entre
between

Peg Leg Pete está entre dos policías.
Peg Leg Pete is between two policemen.

al lado de
next to

El cine está al lado de la biblioteca.
The movie theater is next to the library.

debajo
under

Sir Hiss está debajo del trono.
Sir Hiss is under the throne.

HABLANDO DE LOS OBJETOS

TALKING ABOUT THINGS

traer
to bring

"¡Trae el paraguas! ¡Está lloviendo!"
"Bring your umbrella! It's raining!"

llevar
to carry

"¡No te preocupes, querido! ¡Yo llevo este!"
"Don't worry, darling! I'll carry this one!"

dejar caer
to drop

"¡Cuidado! ¡No me dejes caer!"
"Be careful! Don't drop me!"

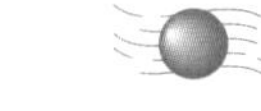

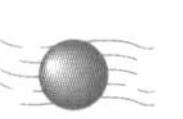

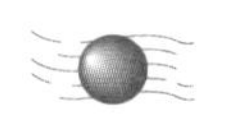

necesitar
to need

"¡Necesito una toalla!"
"I need a towel!"

quedarse con algo
to keep

"¿Puedo quedármelo para siempre?"
"Can I keep him forever?"

dar
to give

"¡Dame el control remoto, por favor!"
"Give me the remote control, please!"

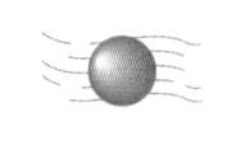

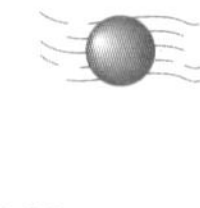

recibir
to get

¡Es bonito recibir un regalo inesperado!
It's nice to get an unexpected present!

querer
to want

Jafar quiere la lamparita mágica a toda costa.
Jafar wants the magic lamp very badly.

agarrar
to hold

"¡Agarra fuerte la pluma, Dumbo!"
"Hold on tight to that feather, Dumbo!"

tomar
to take

"¡Puedes tomar las que quieras!"
"You can take what you want!"

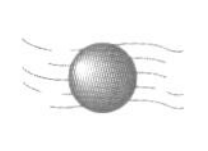

tener
to have

¡Donald tiene un carro muy viejo!
Donald has a really old car!

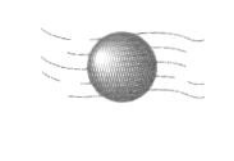

levantar
to lift

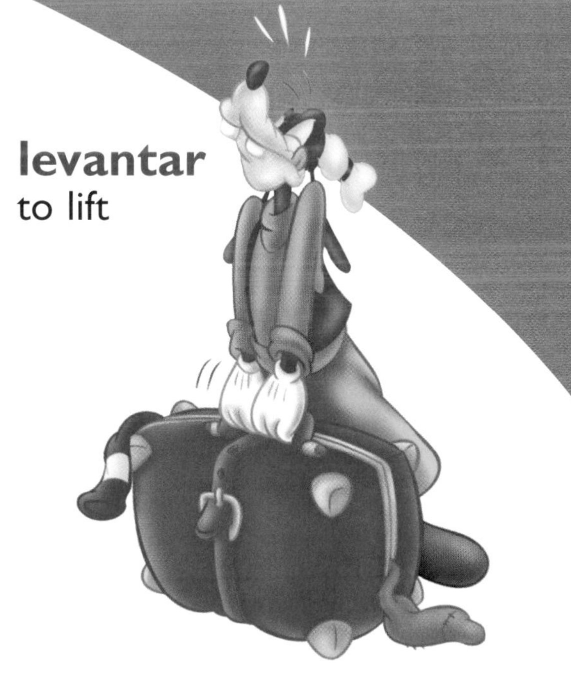

"¡No puedo levantarla!"
"I can't lift it!"

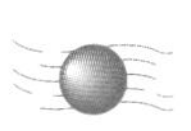

recoger
to pick up

"¡Permíteme recogerla!"
"Let me pick that up for you!"

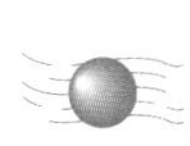

pesar
to weigh

"¡No puedo pesar tanto!"
"I can't weigh that much!"

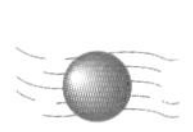

poner
to put

En el verano, ella pone un parasol en el jardín.
In the summer she puts an umbrella in the yard.

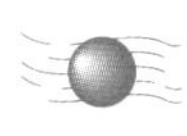

usar
to use

¡Stitch no sabe cómo usar la batidora!
Stitch doesn't know how to use the mixer!

agitar
to shake

"¡Agita esas maracas!"
"Shake those maracas!"

medir
to measure

Todos los días él mide cuanto dinero tiene.
He measures his savings every day.

LA RUTINA DIARIA

EVERYDAY ROUTINES

despertarse
to wake up

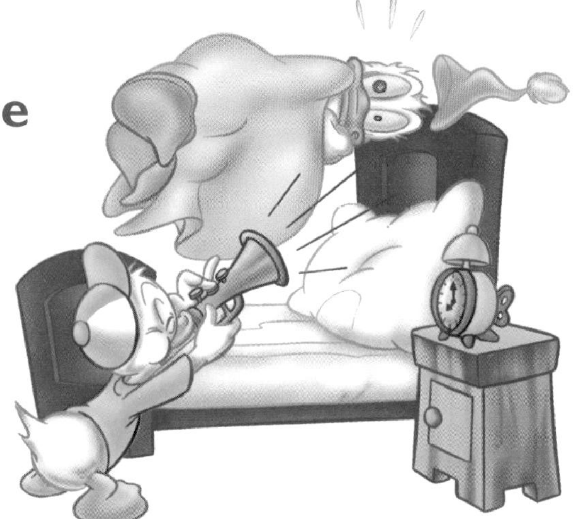

Le es difícil despertarse.
It's difficult for him to wake up.

levantarse
to get up

Odia levantarse por las mañanas.
He hates to get up in the morning!

vestirse
to get dressed

Se viste deprisa.
He gets dressed in a hurry.

el desayuno
breakfast

Le encantan los desayunos grandes.
He loves a big breakfast.

salir
to leave

Siempre sale de casa a las nueve.
He always leaves the house at 9 o'clock.

ir
to go

Va a trabajar en coche.
He goes to work by car.

trabajar
to work

Odia trabajar para el tío Gilito.
He hates to work for Uncle Scrooge.

el almuerzo
lunch

¡Es hora de un almuerzo sustancioso!
It's time for a hearty lunch!

la tarea
homework

Él ayuda a Hugo con su tarea.
He helps Huey with his homework.

la cena
dinner

¡Qué cena tan romántica!
What a romantic dinner!

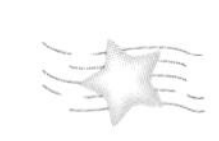

dormir
to sleep

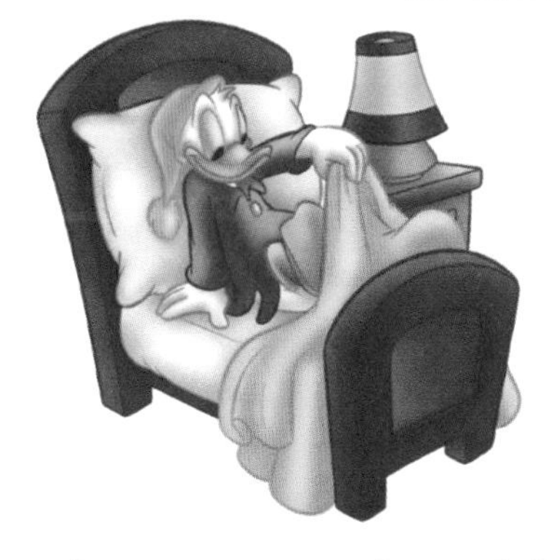

¡Le encanta dormir! ¡Es su pasatiempo favorito!
He loves to sleep! It's his favorite hobby!

soñar
to dream

Cuando está soñando, Donald es feliz.
When Donald's dreaming, he's happy.

Días de la semana
Days of the week

lunes
Monday

martes
Tuesday

miércoles
Wednesday

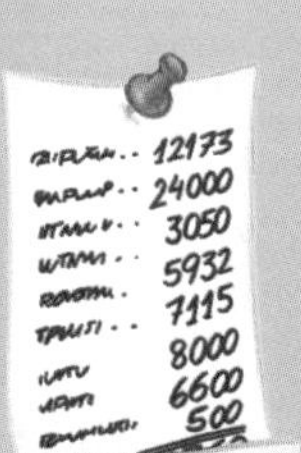

jueves
Thursday

viernes
Friday

sábado
Saturday

domingo
Sunday

el fin de semana
weekend

¡DIME CUÁNDO!

TELL ME WHEN!

antes
before

¡Antes de empezar lee las instrucciones!
Before you begin, read the instructions!

durante
during

"¡No te duermas durante la presentación!"
"Don't sleep during the show!"

después
after

¡Abre la ventana después de ducharte!
Open the window after taking a shower!

ayer
yesterday

¡Ayer el clima estuvo horrible!
Yesterday the weather was terrible!

hoy
today

"¡Hoy es mi cumpleaños!"
"Today is my birthday!"

esta noche
tonight

"¡Esta noche vamos a la ópera!"
"Tonight we're going to the opera!"

siempre
always

Baloo está siempre contento.
Baloo is always happy.

a veces
sometimes

"¡A veces me sorprendes!"
"Sometimes you surprise me!"

a menudo
often

Alicia a menudo se mete en problemas.
Alice often gets into trouble.

ahora
now

"¡Tengo que irme ahora!"
"I have to go now!"

luego
then

"¡Primero acaba el trabajo, y luego te relajas!"
"First finish your work, then relax!"

pronto
soon

"¡Ya pronto me voy a ir!"
"I'm leaving soon!"

mañana
tomorrow

"¡Hasta mañana!"
"See you tomorrow!"

nunca
never

"¡Nunca lavan los platos!"
"They never wash the dishes!"

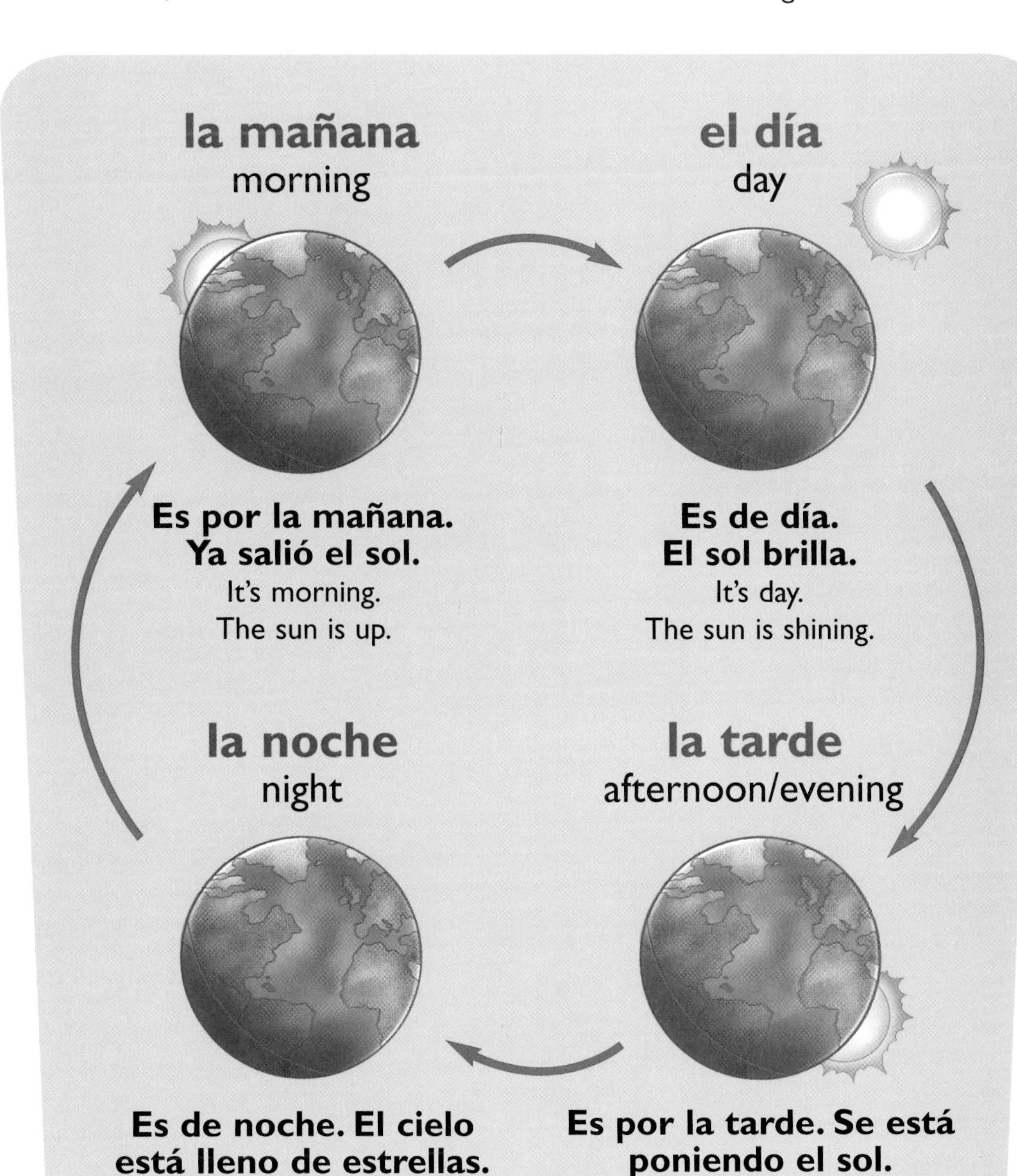

la mañana
morning

Es por la mañana. Ya salió el sol.
It's morning. The sun is up.

el día
day

Es de día. El sol brilla.
It's day. The sun is shining.

la tarde
afternoon/evening

Es por la tarde. Se está poniendo el sol.
It's evening. The sun is setting.

la noche
night

Es de noche. El cielo está lleno de estrellas.
It's night. The sky is full of stars.

EL AULA

THE CLASSROOM

la mochila
backpack

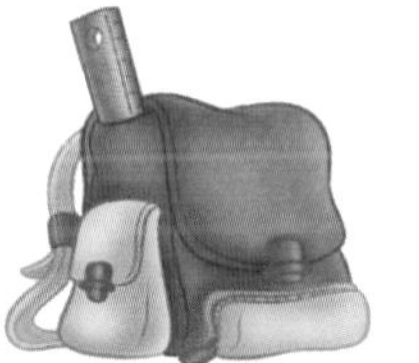

la clase
class

Están en la misma clase.
They are in the same class.

el bolígrafo
pen

el lápiz
pencil

el pegamento
glue

el estuche
pencil case

el sacapuntas
pencil sharpener

el marcador
felt-tip pen

el pincel
paintbrush

la regla
ruler

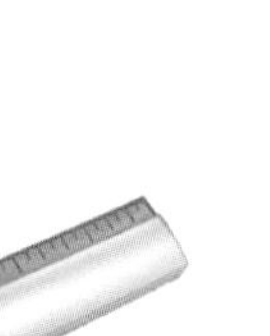

las tijeras
scissors

la goma de borrar
eraser

la cinta adhesiva
tape

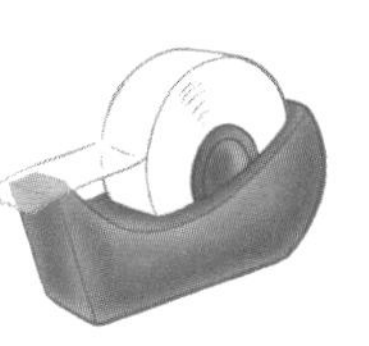

la calculadora
calculator

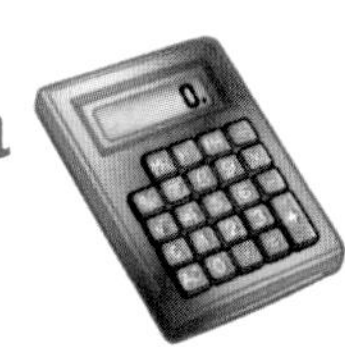

ACTIVIDADES ESCOLARES

SCHOOL ACTIVITIES

aprender
to learn

"¡Stitch, todavía tienes mucho que aprender!"
"You still have a lot to learn, Stitch!"

escribir
to write

Mulan está escribiendo una nota a sus padres.
Mulan is writing a note to her parents.

leer
to read

¡Lee en todas partes!
She reads everywhere!

contar
to count

sumar
to add

Está sumando dos billones al total.
He's adding two billion to his total.

"¡Estaos quietos para que os pueda contar!"
"Stand still so I can count you!"

dibujar
to draw

Jane está dibujando un mono.
Jane is drawing a monkey.

las matemáticas
math

¡Es realmente bueno en matemáticas!
He's really good at math!

el español
Spanish

"¡Puedo hablar español!"
"I can speak Spanish!"

la gimnasia
gym

¡La gimnasia no es precisamente su mejor asignatura!
Gym isn't exactly his best subject!

CONTRARIOS
OPPOSITES

interesante
interesting

¡Algunos cursos son interesantes!
Some courses are interesting!

aburrido
boring

¡Otros son aburridos!
Others are boring!

la historia
history

¡Goofy es muy creativo cuando enseña historia!
Goofy is very creative at teaching history!

las ciencias
science

Estudiar ciencias requiere mucha atención.
Studying science requires a lot of attention.

la geografía
geography

A Pluto le gusta la geografía.
Pluto likes geography.

el examen
test

"¡Odio los exámenes!"
"I hate tests!"

la página
page

el cuaderno
notebook

la lección
lesson

Tío Gilito está enseñando su lección favorita.
Uncle Scrooge is teaching his favorite lesson.

CONTRARIOS
OPPOSITES

correcto
right

"¡Correcto!"
"That's right!"

fácil
easy

Esto es fácil de tocar.
This is easy to play.

empezar
to start

"¡Aaaah! ¡El examen está a punto de empezar!"
"Aaargh! The test is about to start!"

incorrecto
wrong

"¿Es incorrecto?"
"Is it wrong?"

difícil
difficult

¡Qué pieza tan difícil!
What a difficult piece!

terminar
to finish

"¡Necesito más tiempo para terminar!"
"I need more time to finish!"

ARTES Y OFICIOS
ARTS AND CRAFTS

reparar
to repair

Goofy está reparando la mesa... ¿o no?
Goofy is repairing the table... or is he?

colorear
to color

"¡Yo lo coloreo y tú le pones la cola!"
"I'll color it, and you can add the tail!"

hacer
to make

Quasimodo está haciendo una figurita especial.
Quasimodo is making a special figurine.

cortar
to cut

"¡Cortemos el listón para el vestido!"
"Let's cut some ribbon for her dress!"

construir
to build

Está construyendo una casa de ladrillos.
He's building a house of bricks.

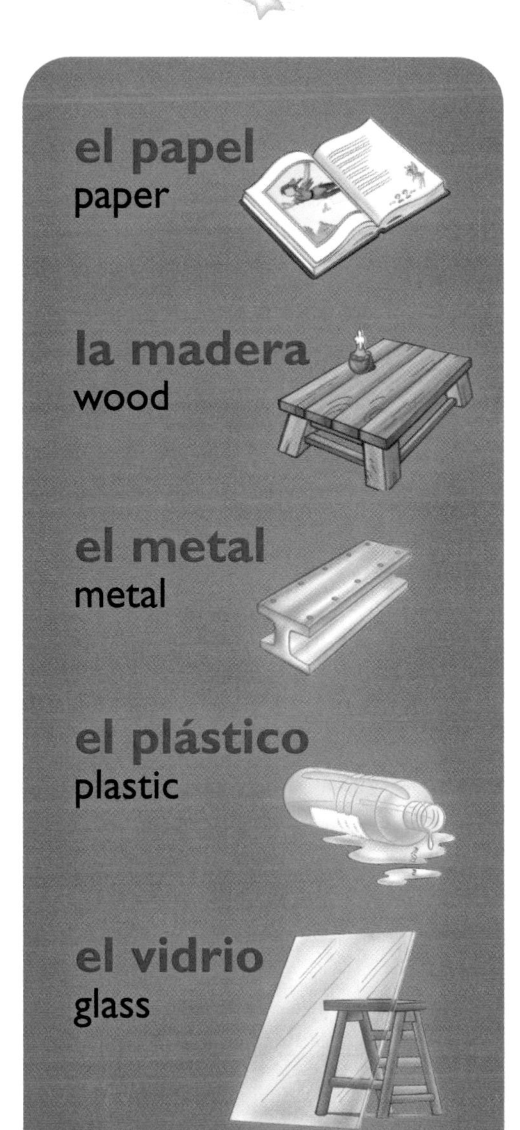

doblar
to fold

"¡Solo dóblalo y volará!"
"Just fold it and it will fly!"

pintar
to paint

¡Es fácil mancharse cuando pintas!
It's easy to get dirty when you paint!

¿CÓMO ES?
WHAT IS IT LIKE?

vacío
empty

El refrigerador del pobre Goofy frecuentemente está vacío.
Poor Goofy's fridge is often empty.

lleno
full

El refrigerador de Minnie está siempre lleno.
Minnie's fridge is always full.

pequeño
small

grande
big

Dumbo lleva un sombrero muy pequeño. ¡El otro es demasiado grande para Timoteo!
Dumbo is wearing a very small hat. The other one is too big for Timothy!

limpio
clean

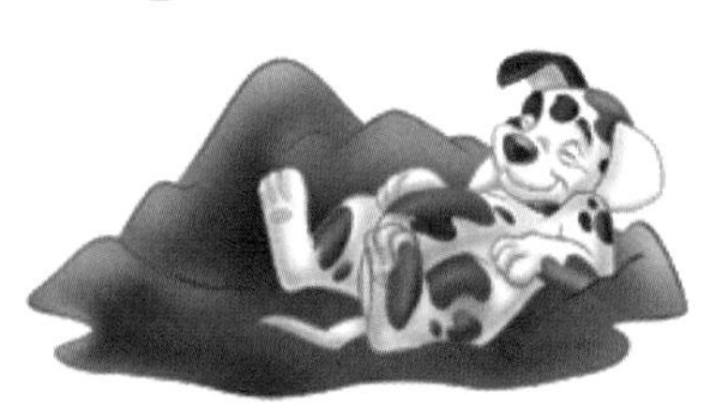

sucio
dirty

Rolly todavía está limpio. Lucky está verdaderamente sucio.
Rolly is still clean. Lucky is really dirty.

duro
hard

blando
soft

El banco de madera es duro, pero Tontín tiene una almohada blanda.
The wooden bench is hard, but Dopey has a soft pillow.

ligero
light

pesado
heavy

"La caja grande parece ligera. ¡La mía está pesada!"
"Your big box looks light. Mine is heavy!"

delgado
thin

grueso
thick

El gato tiene una cola delgada. El zorro tiene una cola gruesa.
The cat has a thin tail. The fox's tail is thick.

afilado
sharp

desafilado
blunt

¡El arma de Peter Pan está desafilada!
Peter Pan's weapon is blunt!

¡La espada del capitán Garfio está afilado!
Captain Hook's sword is sharp!

ancho
wide

estrecho
narrow

"¡Ese está muy estrecho para ti, Pumbaa! ¡Este está bien ancho!"
"That's too narrow for you, Pumbaa! This space is nice and wide!"

todo
everything

¡Quiere todo lo que ve!
He wants everything he sees!

algo
something

Parece que Pluto quiere algo.
It looks like Pluto wants something.

nada
nothing

Ella no quiere nada.
She wants nothing at all.

sólido
solid

líquido
liquid

El chocolate es sólido.
El chocolate caliente es líquido.
Chocolate is solid. Hot chocolate is liquid.

mojado
wet

seco
dry

A Tantor le encanta mojarse.
A Tarzán le gusta estar seco.
Tantor loves to get wet. Tarzan likes to stay dry.

COMPARACIONES
COMPARISONS

más
more

Cenicienta es más bella que Anastasia.
Cinderella is more beautiful than Anastasia.

el/la más
the most

"¡Eres la más bella de todas!"
"You're the most beautiful of all!"

bueno
good

Es una buena idea.
That's a good idea.

mejor
better

¡Esta idea es mejor!
This idea is better!

el/la mejor
the best

¡Esta es la mejor idea!
This is the best idea!

malo
bad

"¡Qué día tan malo!"
"What a bad day!"

peor
worse

"¡Ahora está peor que antes!"
"Now it's worse than before!"

el/la peor
the worst

"¡Este es el peor día de mi vida!"
"This is the worst day of my life!"

menos
less

Esta receta parece menos difícil que las otras.
This recipe seems less difficult than the others.

el/la menos
the least

¡Esta receta es la menos difícil de todas!
This recipe is the least difficult of all!

mismo
same

¡Tienen el mismo vestido!
They have the same dress!

muy
very

¡Está muy aburrido!
He's very bored!

un poco
a little

Él sólo está un poco aburrido.
He's just a little bored.

igual
equal

"¡Creedme! ¡Son iguales!"
"Believe me! They're equal!"

diferente
different

"¡Todas somos diferentes!"
"We're all different!"

PALABRAS, IDEAS Y MÁS
WORDS, THOUGHTS, AND MORE

hablar
to talk

¡Ella habla demasiado!
She talks too much!

hablar
to speak

"¿Hablas mi idioma?"
"Do you speak my language?"

pensar
to think

"¿Por qué siempre estás pensando en ella?"
"Why are you always thinking of her?"

la pregunta
question

la respuesta
answer

Ariel hace muchas preguntas. Las respuestas de Scuttle a menudo son incorrectas.
Ariel asks lots of questions. Scuttle's answers are often wrong.

olvidar
to forget

recordar
to remember

Donald a menudo olvida llevar dinero, pero ella siempre recuerda.
Donald often forgets to bring money, but she always remembers.

preguntar
to ask

"¿Puedo preguntar algo?"
"Can I ask something?"

susurrar
to whisper

¡No se susurra en clase!
Don't whisper in class!

gritar
to shout

"¡No hay necesidad de gritar!"
"There's no need to shout!"

esperar
to hope

"¡Espero que mi deseo se convierta en realidad!"
"I hope my dream comes true!"

la idea
idea

"¡Qué idea tan brillante!"
"What a brilliant idea!"

decir
to say

"¡Por favor mamá! ¡Dime que sí!"
"Please, Mom! Say yes!"

saber
to know

Pepe Grillo sabe lo que está pasando.
Jiminy Cricket knows what is happening.

entender
to understand

Alicia no entiende adonde tiene que ir.
Alice doesn't understand where she has to go.

el error
mistake

¡Todo el mundo comete errores!
Everybody makes mistakes!

contar
to tell

Le cuenta a la Abuela Willow sus sueños.
She tells Grandmother Willow her dreams.

adivinar
to guess

"¿En qué mano está? ¡Adivina!"
"Which hand is it in? Guess!"

el problema
problem

"¡Uhm, oh! Creo que tienes un problema"...
"Uh-oh! I think you have a problem..."

EL PARQUE

THE PARK

empujar
to push

"¡Venga! ¡Empuja!"
"Come on! Push!"

tirar
to pull

"¡Venga! ¡Tira!"
"Come on! Pull!"

perseguir
to chase

"¡No me persigas! ¡Yo soy más rápido!"
"Don't chase me! I'm faster!"

esconder
to hide

"¡Slinky, no te puedes esconder así!"
"Slinky, you can't hide like that!"

buscar
to look for

Terk está buscando a Tarzán.
Terk is looking for Tarzan.

encontrar
to find

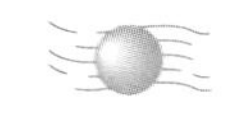

"¡Es fácil encontrarte!"
"It's easy to find you!"

correr
to run

"¡Corre! ¡Estamos casi en la recta final!"
"Run! We're almost at the finish line!"

caerse
to fall

"¡No te caigas!"
"Don't fall!"

andar (en bicicleta)
to ride (a bicycle)

Stitch todavía no está listo para andar en triciclo.
Stitch isn't ready to ride a tricycle yet.

JUEGOS Y DIVERSIONES

FUN AND GAMES

jugar
to play

A menudo juegan juntos.
They play together often.

mostrar/enseñar
to show

"¡Enséñame que hay ahí dentro!"
"Show me what's in there!"

patear
to kick

"¡No patées el balón!"
"Don't kick the ball!"

las cartas
cards

el ajedrez
chess

romper
to break

Rompe las cosas cuando pierde.
He breaks things when he loses.

el accidente
accident

¡Los accidentes pasan!
Accidents happen!

la cometa
kite

la pelota
ball

el barco
boat

la patineta
skateboard

el scooter
scooter

los patines en línea
in-line skates

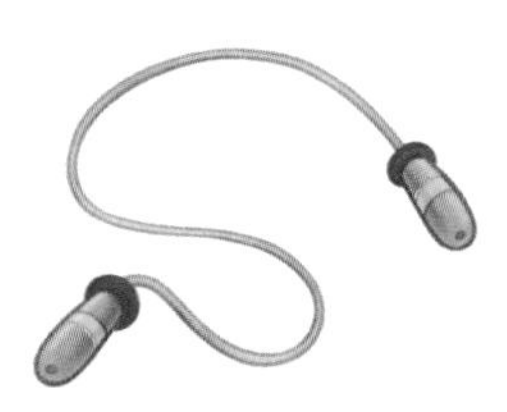

la cuerda de saltar
jump rope

LLEVARSE BIEN CON LOS DEMÁS

GETTING ALONG WITH OTHERS

juntos
together

Ella es feliz cuando están juntos.
She's happy when they are together.

solo
alone

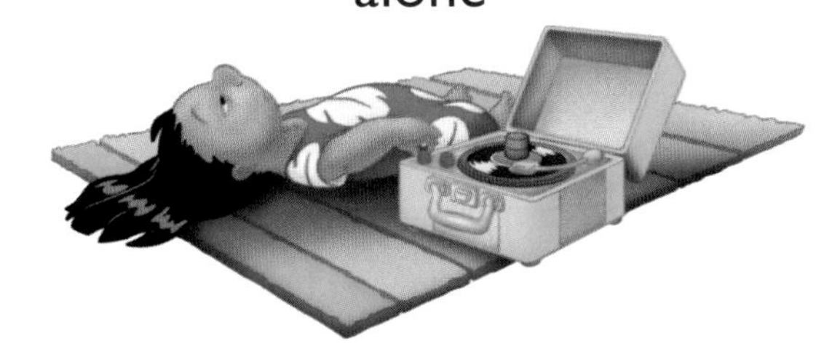

Ella está triste cuando está sola.
She's sad when she is alone.

conocer
to meet

A él le da gusto conocerla.
He's happy to meet her.

estar de acuerdo
to agree

no estar de acuerdo
to disagree

Hugo y Paco están de acuerdo.
Huey and Dewey agree.

Luis no está de acuerdo con sus hermanos.
Louie disagrees with his brothers.

los sentimientos
feelings

EL ENOJO
anger

LA FELICIDAD
happiness

LA TRISTEZA
sadness

EL AMOR
love

Puedes leer sus sentimientos viéndole la cara.
You can read her feelings on her face.

la verdad
truth

la mentira
lie

"¡Dinos la verdad, Pinocho!"
"Tell us the truth, Pinocchio!"

Pinocho les está contando una mentira.
Pinocchio is telling them a lie.

ayudar
to help

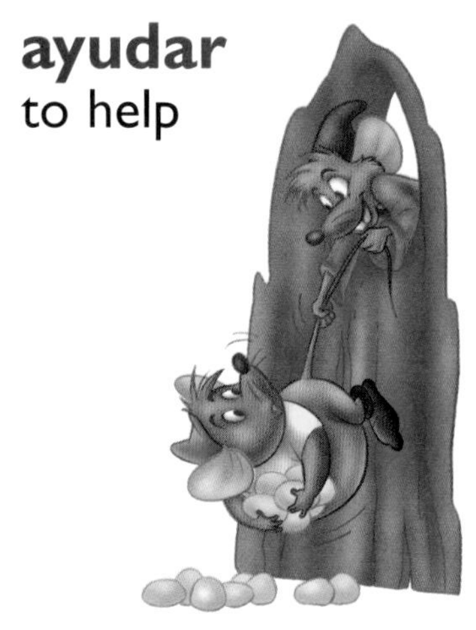

"¡Ayúdame a ayudarte!"
"Help me to help you!"

compartir
to share

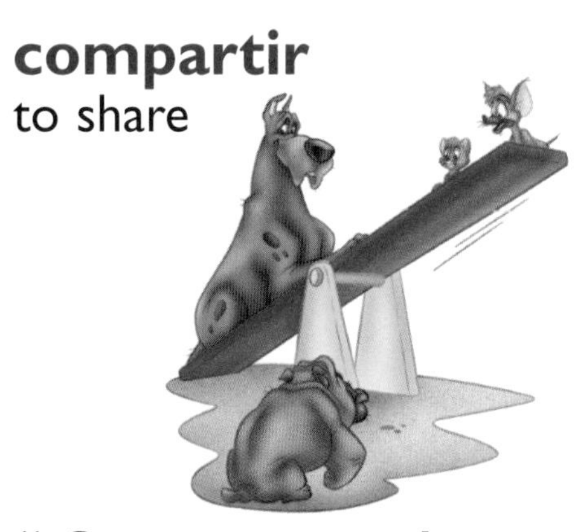

"¿Compartes este lugar con nosotros? ¡Por favor!"
"Will you share this place with us? Please!"

gustar
to like

"¿Te gusto yo o te gustan mis galletas?"
"Do you like me, or do you like my cookies?"

odiar
to hate

El capitán Garfio odia los cocodrilos.
Captain Hook hates crocodiles.

pelear
to fight

No hacen otra cosa que pelear!
They do nothing but fight!

regañar
to scold

¡Le está regañando otra vez!
She's scolding him again!

el carácter
temper

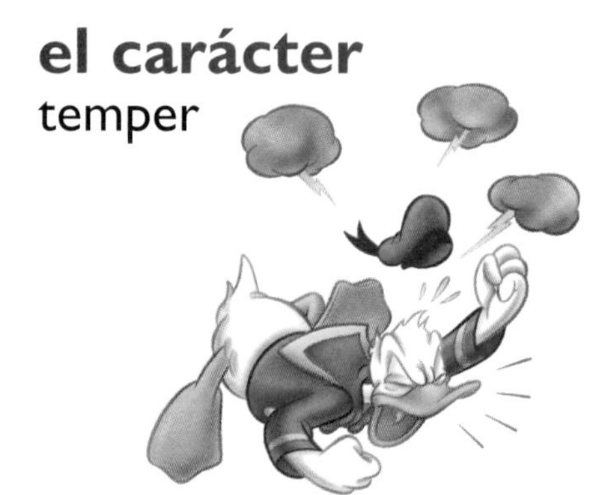

¡Qué carácter!
What a temper!

pegar
to hit

"¡Cuidado! ¡Le estás pegando!"
"Be careful! You're hitting him!"

el secreto
secret

¡Le está contando un secreto!
She's telling him a secret!

agradable
nice

Sulley es un monstruo, pero es muy agradable.
Sulley is a monster, but he's very nice.

generoso
generous

¡Él es muy generoso!
He's so generous!

tímido
shy

¡Él es muy tímido!
He's really shy!

travieso
naughty

"¡Eres muy travieso! ¿Dónde está mi pastel?"
"You're so naughty! Where's my cake?"

CONTRARIOS
OPPOSITES

bueno
good

malo
bad

¡Todo el mundo tiene un lado bueno!
Everybody has a good side!

Algunas veces nos sale nuestro lado malo.
Sometimes our bad side comes out.

tonto
foolish

práctico
sensible

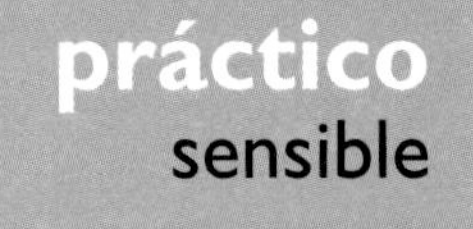

¿Regando las plantas en este momento? ¡Qué idea tan tonta!
Watering flowers now? What a foolish idea!

Es práctico llevar un impermeable cuando llueve.
It's sensible to wear a raincoat when it rains.

el amigo/la amiga
friend

Son buenos amigos.
They are good friends.

¡VAMOS A MOVERNOS!

LET'S MOVE!

el movimiento
action

¡Este es un movimiento difícil!
This is a difficult action!

seguir
to follow

"¡Sígueme!"
"Follow me!"

saltar
to jump

"¡No saltes encima de mí!"
"Don't jump on me!"

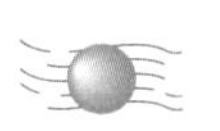

CONTRARIOS
OPPOSITES

ponerse de pie
to stand up

sentarse
to sit down

Se ponen de pie cuando se emocionan.
They stand up when they're excited.

Está sentado porque está decepcionado.
He's sitting down because he's disappointed.

veloz
quick

lento
slow

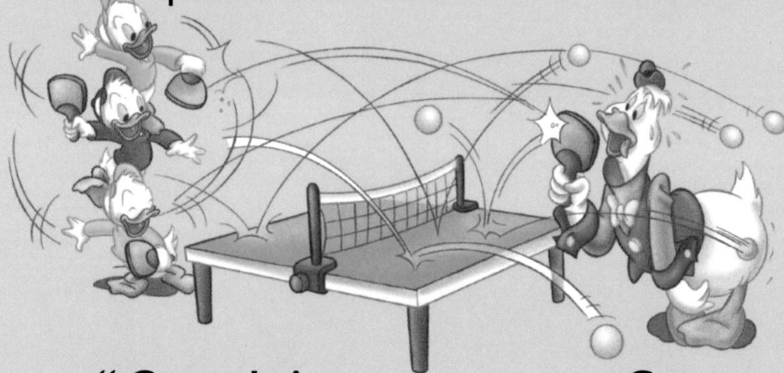

"¡Caramba! ¡Qué veloces!"
"Wow! Are they quick!"

¡Gus es demasiado lento!
Gus is too slow!

trepar
to climb

Está aprendiendo a trepar árboles.
He's learning how to climb trees.

CONTRARIOS
OPPOSITES

alto
high

"¡Está demasiado alto!"
"It's too high!"

bajo
low

"¡Éste está bastante bajo! ¡Lo puedo alcanzar!"
"This is low enough! I can reach it!"

estirarse
to stretch

Berlioz se estira cuando se levanta.
Berlioz stretches when he wakes up.

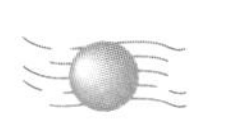

poder
can

"¿Puedes hacer esto Tarzán?"
"Can you do this, Tarzan?"

darse la vuelta
to turn around

"¡Hey! ¡Den la vuelta!"
"Hey! Turn around!"

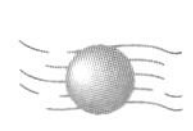

rodar
to roll

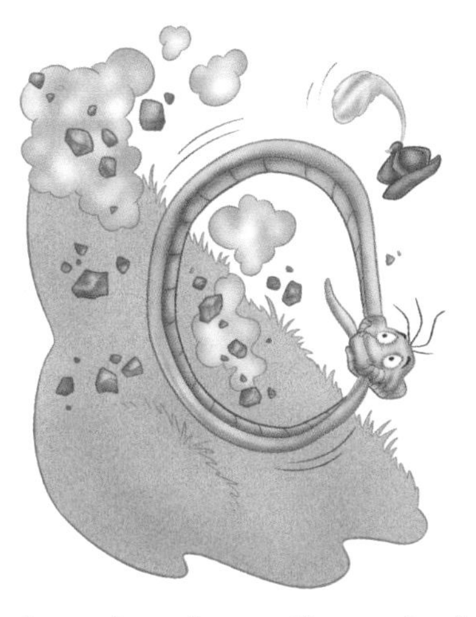

¡Está rodando colina abajo!
He's rolling down the hill!

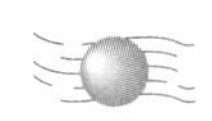

perezoso
lazy

¡Él es tan perezoso!
He's so lazy!

dar brincos
to skip

¿Por qué andar? ¡Es más divertido dar brincos!
Why walk? It's more fun to skip!

saltar
to hop

Salta como un canguro.
He hops like a kangaroo.

NUESTROS DEPORTES FAVORITOS

OUR FAVORITE SPORTS

el atletismo
athletics

A Daisy no le gusta el atletismo.
Daisy doesn't like athletics.

el béisbol
baseball

¡No puedes jugar béisbol con una lanzadora como esa!
You can't play baseball with a pitcher like that!

las artes marciales
martial arts

Las artes marciales te hacen fuerte.
Martial arts make you strong.

el boxeo
boxing

¡El boxeo te deja bien golpeado!
Boxing really knocks you out!

el golf
golf

La gente que juega al golf está en contacto con la naturaleza.
People who play golf are close to nature.

la gimnasia rítmica
gymnastics

La gimnasia rítmica es un deporte para niñas fuertes y con gracia.
Gymnastics is a sport for strong and graceful girls.

el fútbol
soccer

"¡Hey! ¡Así no se juega fútbol!"
"Hey! That's not how you play soccer!"

el básquetbol
basketball

La altura no lo es todo cuando juegas básquetbol.
Height isn't everything when you're playing basketball.

la pista de atletismo
track

La pista puede ser muy gratificante.
Track can be very rewarding.

CONTRARIOS
OPPOSITES

lanzar
to throw

agarrar
to catch

ganar
to win

perder
to lose

"¡Puedo lanzar cuatro pelotas a la vez!"
"I can throw four balls at a time!"

"¡Pero sólo puedo agarrar una!"
"But I can only catch one!"

¡Todo el mundo puede ganar algo!
Everyone can win something!

No es tan malo perder.
It's not so bad to lose.

el tenis
tennis

El tenis requiere velocidad y agilidad.
Tennis needs speed and agility.

el vóleibol
volleyball

¡El vóleibol es un auténtico deporte de equipo!
Volleyball is a real team sport!

la natación
swimming

La natación es una actividad relajante.
Swimming is a relaxing activity.

¡ÚNETE AL EQUIPO!

JOIN THE TEAM!

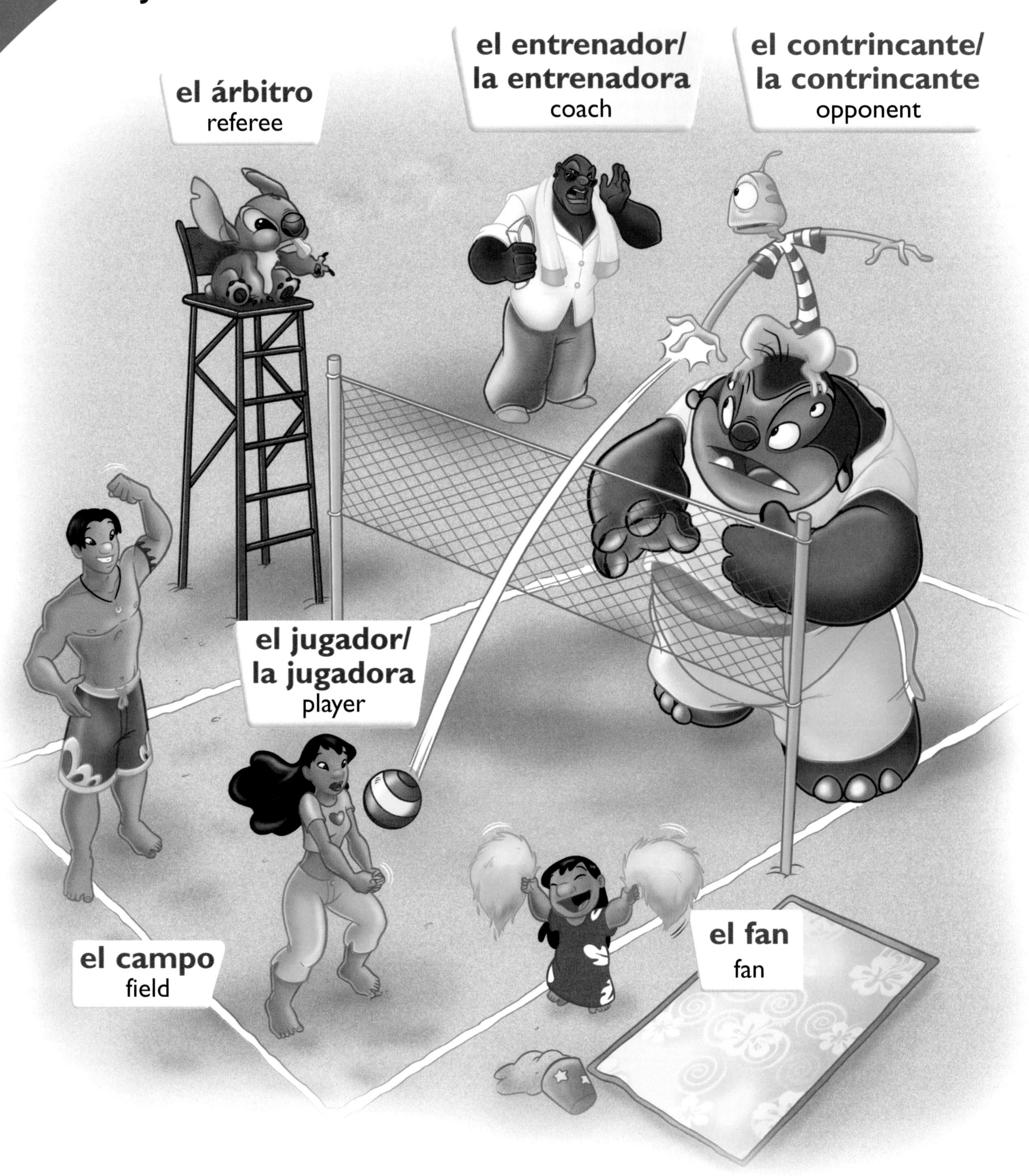

el punto
point

"¡Seis puntos más para nosotros!"
"Six more points for us!"

el gol
goal

"¡Otro gol! ¡Vamos ganando!"
"Another goal! We're winning!"

el uniforme
uniform

los zapatos deportivos
sneakers

el silbato
whistle

la red
net

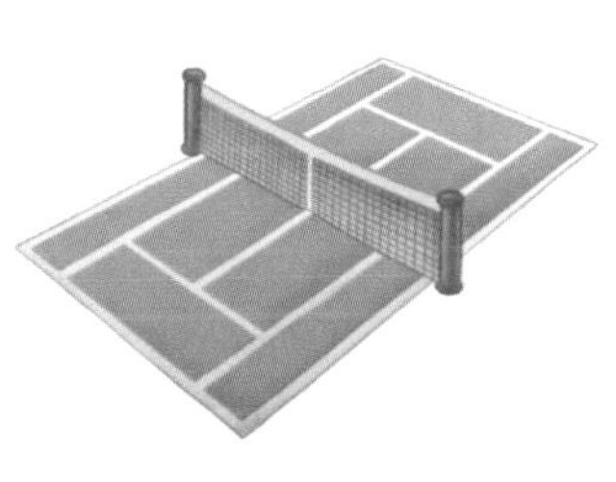

la raqueta
racket

el trofeo
trophy

el bate
bat

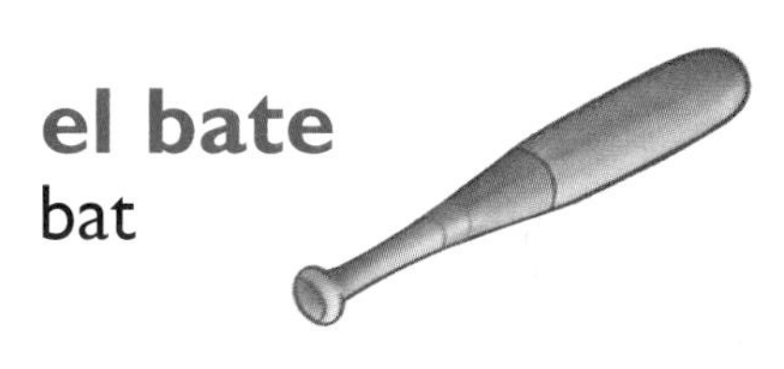

el partido
game

¡Este va a ser un partido emocionante!
This will be an exciting game!

el campeón
champion

Sulley es el campeón del concurso de sustos en Monsters & Co.
Sulley is the scaring champion at Monsters, Inc.

marcar/hacer puntos
to score

"¿Cómo se las arregla para marcar tantos puntos?"
"How does he manage to score so many points?"

UNA FIESTA DE CUMPLEAÑOS

A BIRTHDAY PARTY

la cinta
ribbon

el pastel
cake

la vela
candle

el regalo
present

el globo
balloon

la cámara
camera

¡NO TENGO NUEVE AÑOS!

I'm not nine years old!

¿DE VERDAD? ¿CUÁNTOS AÑOS TIENES?

Really? How old are you?

las papas fritas
potato chips
el helado
ice cream
el chocolate
chocolate
los caramelos
candy
as palomitas
de maíz
popcorn
el refresco
soft drink
el emparedado
sandwich
la pajita
straw
¡SORPRESA! ¡ESTO ES PARA TI!
Surprise!
This is for you!
¿QUÉ ES?
What is it?

INVITACIONES Y CARTAS

INVITATIONS AND LETTERS

el timbre postal
stamp

el sobre
envelope

la postal
postcard

la dirección
address

recibir
to receive

¡Donald sólo recibe cuentas!
Donald only receives bills!

visitar
to visit

"¡Qué raro! ¡Siempre me visitas cuando estoy cocinando!"
"Strange! You always visit me when I'm cooking!"

enviar/mandar
to send

"Romeo, ¿A dónde mandas eso?"
"Romeo, where are you sending that?"

invitar
to invite

¡Está invitando a todo el mundo a su fiesta!
She's inviting everybody to her party!

la nota
note

"¡Qué lindo! ¡Una nota de Robin!"
"How sweet! A note from Robin!"

el correo electrónico
e-mail

"¡El correo electrónico es mucho más rápido!"
"E-mail is much faster!"

llamar
to call

Daisy llama a sus amigos cuando tiene noticias.
Daisy calls her friends when she has news.

CELEBRACIONES Y DÍAS FESTIVOS

HOLIDAYS AND CELEBRATIONS

la Navidad
Christmas

"¡La Navidad es mi fiesta favorita!"
"Christmas is my favorite holiday!"

el árbol de Navidad
Christmas tree

¡Este árbol de Navidad está muy bonito!
This Christmas tree is really beautiful!

la víspera de año nuevo
New Year's Eve

¡Es divertidísimo salir la víspera de año nuevo!
It's so much fun to go out on New Year's Eve!

el disfraz
costume

los fuegos artificiales
fireworks

la lámpara de Halloween
Jack-o'-lantern

la Pascua
Easter

En Pascua le gusta andar en busca de los huevos.
At Easter he loves to hunt for eggs.

el Halloween
Halloween

"¡Es Halloween! ¡Travesura o regalo!"
"It's Halloween! Trick or treat!"

el día de San Valentín
Valentine's Day

¡Mickey siempre se acuerda del día de San Valentín!
Mickey always remembers Valentine's Day!

la boda
wedding

¡Son felices! ¡Es su boda!
They're happy!
It's their wedding!

UNA REUNIÓN FAMILIAR

A FAMILY REUNION

Alguien está durmiendo.
Somebody is sleeping.

No hay nadie en el cojín.
Nobody is on the pillow.

¡Todos quieren jugar con los cojines!
Everybody wants to play with the pillows!

la esposa
wife

el marido
husband

Su esposa es una mujer bondadosa.
His wife is a caring woman.

Su marido es un hombre orgulloso.
Her husband is a proud man.

la sobrina
niece

Las sobrinas quieren ser como Daisy.
The nieces want to be like Daisy.

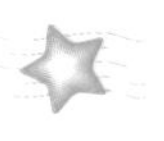

la tía
aunt

Ella es su tía favorita.
She's their favorite aunt.

los gemelos/ las gemelas
twins

Es difícil distinguir a los gemelos.
It's difficult to tell twins apart.

el pariente/ la pariente
relative

Tienes que ser amable con tus parientes…
You have to be nice to your relatives…

la madrastra
stepmother

¡La madrastra de Cenicienta es muy injusta!
Cinderella's stepmother is very unfair!

mayor
old

¡Georges es muy mayor!
Georges is very old!

joven
young

Arthur es muy joven para ser un caballero andante.
Arthur is too young to be a knight.

el bebé
baby

"¡Qué bebé tan raro!"
"What a strange baby!"

UN DÍA LIBRE
A DAY OFF

el payaso
clown

el parque de diversiones
fairground

el algodón de azúcar
cotton candy

“¡Mira! ¡Desde aquí puedes ver todo el parque de diversiones!”
“Look! You can see the whole fairground from here!”

el carrusel
carousel

el boleto
ticket

el circo
circus

“¡Venid al circo!”
“Come to the circus!”

el mago/la maga
magician

¡Este mago tiene un asistente estupendo!
This magician has a terrific assistant!

la fila
line

“¡Cuánta gente! ¡Tenemos que hacer fila!”
“It’s crowded! We have to wait in line!”

el acuario
aquarium

¡El acuario es irresistible!
The aquarium is irresistible!

el zoológico
zoo

"¡Mira mami! ¡El zoológico tiene animales muy divertidos!"
"Look, Mommy! The zoo has such funny animals!"

la piscina
swimming pool

Una piscina... ¡Al estilo del tío Gilito!
A swimming pool... Uncle Scrooge style!

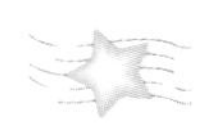

el día de campo
picnic

A ella le gustan los días de campo.
She likes picnics.

la excursión
field trip

"¡Vamos de excursión!"
"We're going on a field trip!"

EL CINE Y EL TEATRO

MOVIES AND THEATER

actuar
to act

Baloo no es un mono. ¡Sólo está actuando!
Baloo isn't a monkey. He's only acting!

el actor
actor

"¡No molestes a este gran actor!"
"Don't bother this great actor!"

la actriz
actress

La actriz correcta. El vestido equivocado.
Right actress. Wrong costume.

volverse
to become

El sueño de Sebastián es volverse famoso.
Sebastian's dream is to become famous.

el cine
the movies

Les encanta ir al cine juntos.
They love going to the movies together.

el escenario
stage

El primer paso en una obra de teatro: montar el escenario.
The first step in a play: setting up the stage.

aplaudir
to clap

¡Todos le están aplaudiendo!
They're all clapping for him!

la obra
play

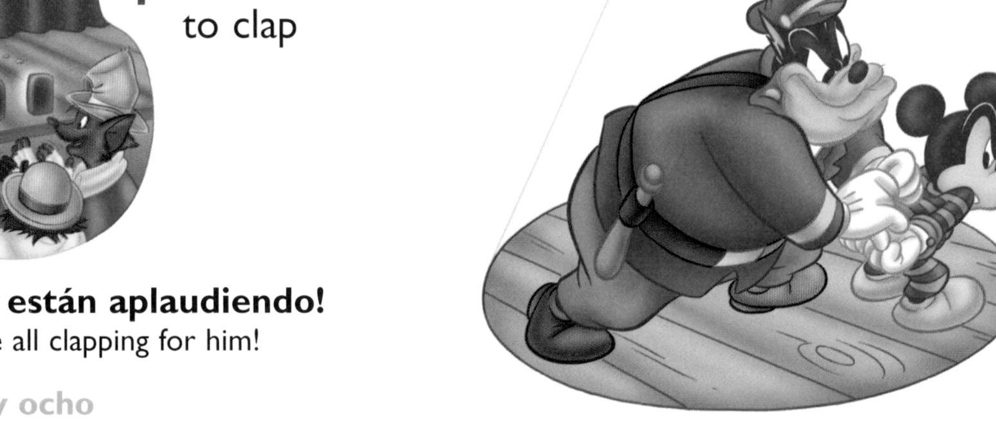

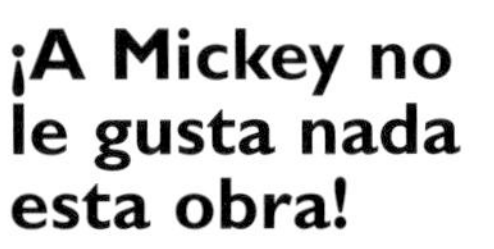

¡A Mickey no le gusta nada esta obra!
Mickey doesn't like this play at all!

la comedia
comedy

¿Es esto una comedia...o no?
Is this a comedy... or not?

el dibujo animado
cartoon

"¡Eh, tú! ¡Termina este dibujo animado!"
"Hey, you! Finish this cartoon!"

el misterio
mystery

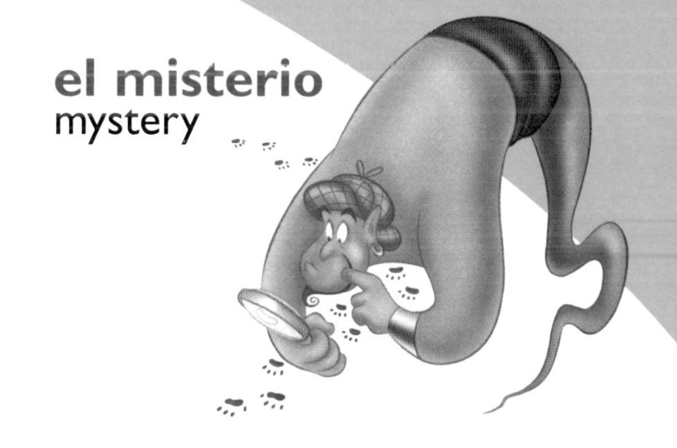

¡Un gran misterio necesita de un buen detective!
A great mystery needs a great detective!

reírse
to laugh

"Siempre que veo esto me río".
"I always laugh when I see this."

la película del oeste
Western

Esta es mi película del oeste favorita.
This is my favorite Western.

la ciencia ficción
science fiction

La ciencia ficción no le interesa a todo el mundo.
Science fiction doesn't interest everybody.

llorar
to cry

Todo el mundo llora al final de esta película.
Everybody cries at the end of this movie.

gritar
to scream

"¡Deja de gritar! ¡No puedo oír!"
"Stop screaming! I can't hear!"

bostezar
to yawn

"¡No bosteces así!"
"Don't yawn like that!"

¡HAGAMOS UN POCO DE MÚSICA!

LET'S MAKE A LITTLE MUSIC!

el trombón
trombone

la canción
song

el teclado
keyboard

el micrófono
microphone

los címbalos
cymbals

la flauta
flute

el clarinete
clarinet

el xilófono
xylophone

el violín
violin

el violonchelo
cello

el contrabajo
double bass

tocar
to play

"¡Wow! ¡Qué bien toca el ukelele!"
"Wow! Can he play the ukulele!"

cantar
to sing

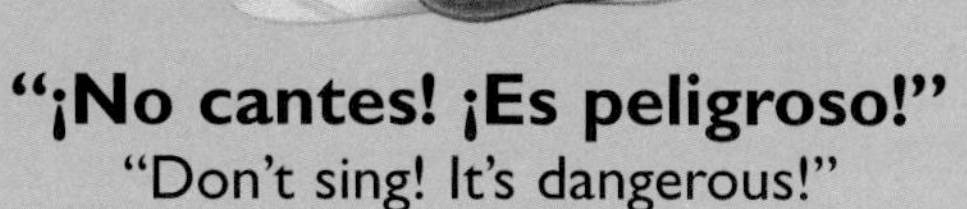

"¡No cantes! ¡Es peligroso!"
"Don't sing! It's dangerous!"

bailar
to dance

Para bailar bien se necesita una buena pareja de baile.
You need a good partner to dance well.

la banda
band

¡Qué buena banda!
What a great band!

la voz
voice

Incluso a los pájaros les encanta su voz.
Even the birds love her voice.

el concierto
concert

"Algún día me olvidaré de este concierto."
"Someday I'll forget about this concert."

CIUDADES Y PUEBLOS

CITIES AND TOWNS

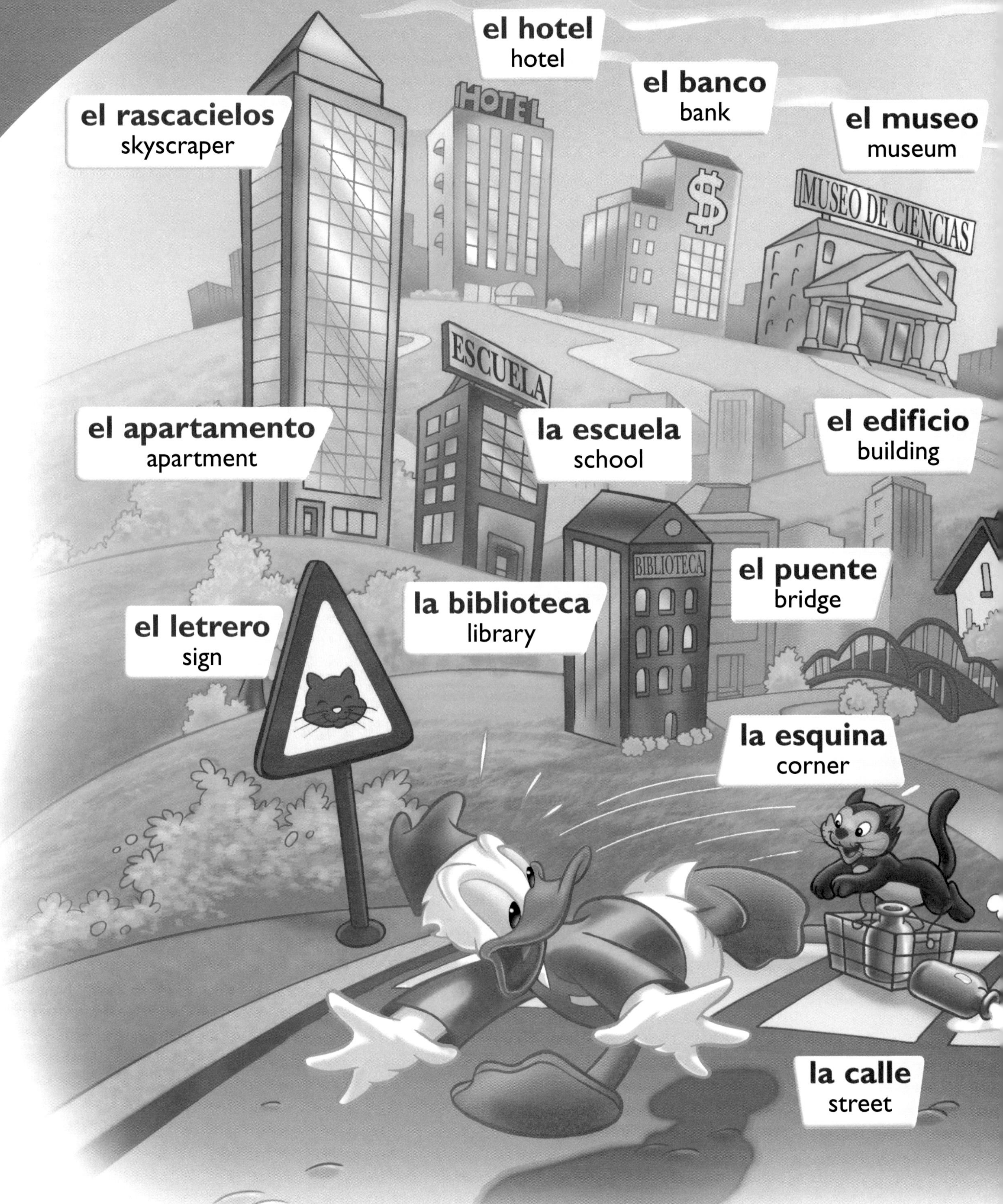
el hotel
hotel
el banco
bank
el museo
museum
el rascacielos
skyscraper
HOTEL
$
MUSEO DE CIENCIAS
ESCUELA
el apartamento
apartment
la escuela
school
el edificio
building
BIBLIOTECA
el puente
bridge
la biblioteca
library
el letrero
sign
la esquina
corner
la calle
street

la estación de policía
police station

la oficina de correos
post office

el hospital
hospital

el semáforo
traffic lights

el teléfono público
public telephone

el pavimento
sidewalk

Esta salida da a un café con vista panorámica.
This exit leads to a café with a great view.

la salida
exit

el piso
floor

el ascensor
elevator

la entrada
entrance

La entrada está en el primer piso.
The entrance is on the first floor.

MOVERSE POR LA CIUDAD
GETTING AROUND TOWN

el coche
car

la motocicleta
motor scooter

el tranvía
streetcar

el autobús
bus

el metro
subway

la ambulancia
ambulance

el taxi
taxi

el camión
truck

dar vuelta
to turn

"¡En la esquina da vuelta a la izquierda!"
"Turn left at the corner!"

cruzar
to cross

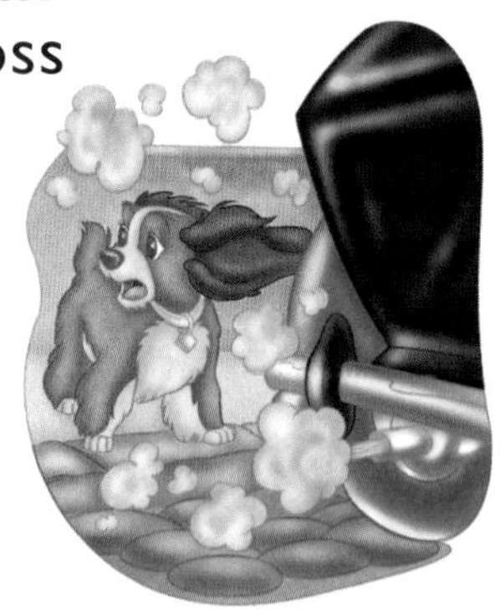

¡Voltea a ambos lados antes de cruzar la calle!
Look both ways before you cross the street!

CONTRARIOS
OPPOSITES

detener
to stop

ir/pasar
to go

Deténte cuando el semáforo está en rojo.
Stop when the light is red.

Cuando el semáforo está en verde puedes pasar.
When the light is green you can go.

caminar/andar
to walk

manejar
to drive

"¡Me imagino que tendré que ir andando a la escuela!"
"I guess I'll have to walk to school!"

"¡No puedo manejar con una llanta baja!"
"I can't drive with a flat tire!"

perdido
lost

"¡Estoy perdido!"
"I'm lost!"

CONTRARIOS
OPPOSITES

izquierda
left

derecha
right

Donald quiere ir al de la izquierda.
Donald wants to go to the place on the left.

El restaurante de la derecha es perfecto para Daisy.
The restaurant on the right is perfect for Daisy.

darse prisa
to hurry

"¡Date prisa! ¡Se está yendo!"
"Hurry! It's leaving!"

llegar
to reach

"¡Estamos por llegar a nuestro destino!"
"We're reaching our destination!"

las instrucciones para llegar
directions

"¡Necesito instrucciones para llegar!"
"I need directions!"

el ruido
noise

Mickey no puede oír todo ese ruido.
Mickey can't hear all that noise.

el tráfico
traffic

"¿Tráfico? ¡Nuestra oportunidad para movernos!"
"Traffic? Our chance to get around!"

en silencio
quiet

A él le gusta la ciudad cuando está en silencio.
He likes the city when it's quiet.

TIENDAS STORES

bakery shoe store butcher

coffee shop bookstore clothing store

Excuse me... Can I help you? I'd like a kite. How much is it?

Here is your change.

¿CUÁNTO Y CUÁNTOS?

HOW MUCH AND HOW MANY?

mucho
a lot (of)

¡Tiene mucho helado!
He's got a lot of ice cream!

poco
a little

nada de
no

"¡Nada de helado para mí!"
"No ice cream for me, please!"

Ellos tienen poco helado.
They've got only a little ice cream.

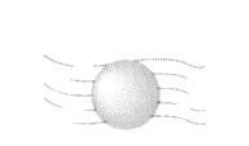

demasiados
too many

"¿Tres policías? ¡Son demasiados!"
"Three policemen? That's too many!"

demasiado
too much

"¡No uses demasiado champú!"
"Don't use too much shampoo!"

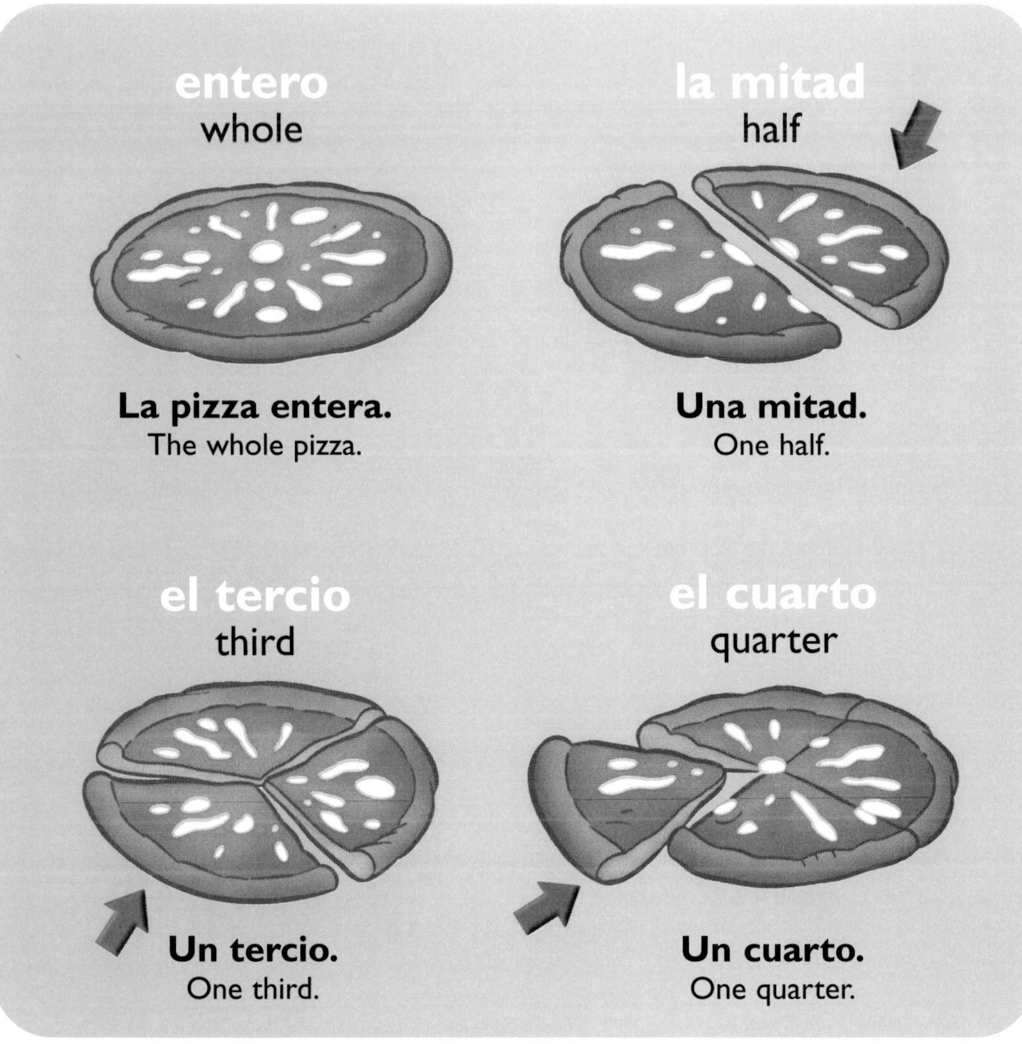

entero
whole

La pizza entera.
The whole pizza.

la mitad
half

Una mitad.
One half.

el tercio
third

Un tercio.
One third.

el cuarto
quarter

Un cuarto.
One quarter.

más
more

¡Más tiempo para dormir!
More time to sleep!

menos
less

¡Menos tiempo en el trabajo!
Less time at work!

nada
none

Él tiene mucho dinero, pero los pobres no tienen nada.
He has lots of money, but the poor have none.

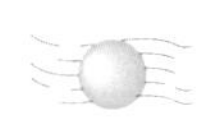

todo/todos
all

¡Son todos míos!
"They're all mine!"

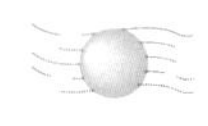

suficiente
enough

"¡Creo que esa paja es suficiente!"
"I think that's enough hay!"

DE COMPRAS
SHOPPING

pagar
to pay

Le gusta pagar por cosas que son útiles.
He's glad to pay for something useful.

comprar
to buy

"¡Quiero comprar tus dálmatas!"
"I want to buy your Dalmatians!"

vender
to sell

"¡Nunca venderé a nuestros cachorros!"
"I'll never sell our puppies!"

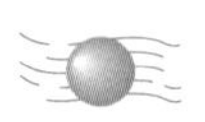

ahorrar
to save

¡Están ahorrando para algo especial!
They're saving their money for something special!

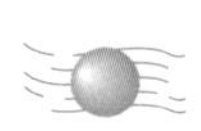

elegir
to choose

Ella le elige las corbatas.
She chooses his ties.

CONTRARIOS
OPPOSITES

rico
rich

¡El príncipe John es muy rico!
Prince John is very rich!

pobre
poor

¡Aladino es pobre, pero no le importa!
Aladdin is poor, but he doesn't mind!

nuevo
new

Está orgullosa de su nuevo jarrón.
She's proud of her new vase.

viejo
old

May tira las cosas viejas.
May throws out old things.

el dinero
money

La gente con suerte encuentra dinero en el piso.
Lucky people find money on the ground.

la moneda
coin

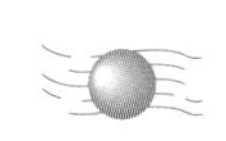

el recibo
receipt

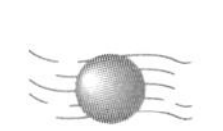

barato
cheap

La comida rápida es barata.
Fast food is cheap.

caro
expensive

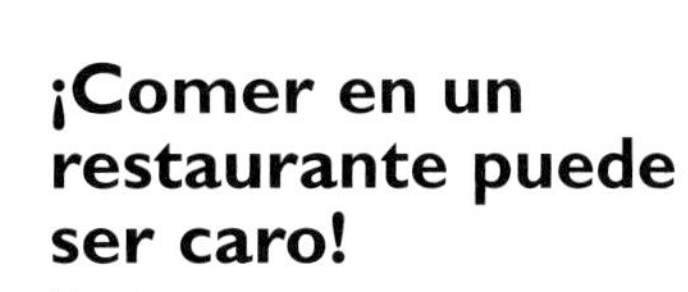

¡Comer en un restaurante puede ser caro!
Eating at a restaurant can be expensive!

la cartera
wallet

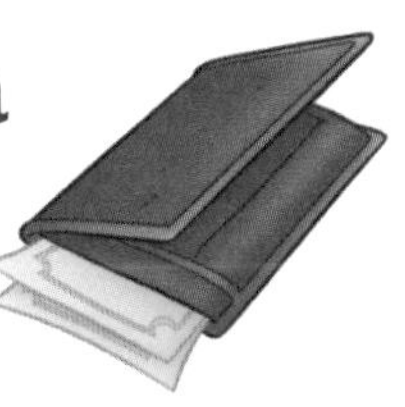

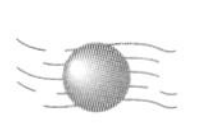

el bolso
shoulder bag

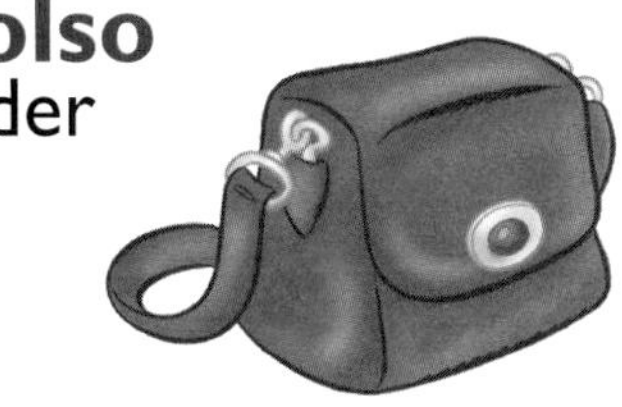

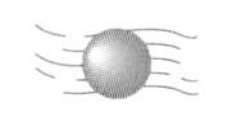

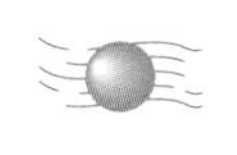

el precio
price

¡Tiene un precio muy elevado para él!
That's a very high price for him!

costar
to cost

"¿Cuánto cuesta?"
"How much does it cost?"

gratis
free

"¡Toma uno! ¡Es gratis!"
"Take one! It's free!"

LA ROPA
CLOTHES

el sombrero
hat

el abrigo
coat

el suéter
sweater

la camisa
shirt

la chamarra
jacket

el bolsillo
pocket

la ropa interior
underwear

las joyas
jewelry

la falda
skirt

los calcetines
socks

la corbata
tie

el pantalón
pants

el vestido
dress

los zapatos
shoes

el traje
suit

los pantalones cortos
shorts

el reloj
watch

los jeans
jeans

el cinturón
belt

el prendedor
pin

coser
to sew

"¡Nos gusta coser!"
"We like sewing!"

CONTRARIOS
OPPOSITES

poners
to put on

"¡Pónte el abrigo! ¡Hace frío!"
"Put on your coat! It's cold!"

quitarse
to take off

"¡Quítate eso y ponte este traje de baño!"
"Take that off and put on these trunks!"

ponerse
to wear

¡Cruella siempre se pone pieles!
Cruella always wears a fur!

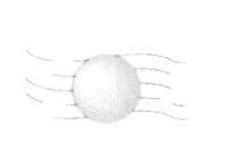

romper
to tear

"¡Uuh-ooh! ¡Se está rompiendo mi chamarra!"
"Uh-oh! I'm tearing my jacket!"

cambiar
to change

"¡Cámbiate, Aurora! ¡Es hora de ir al baile!"
"Change, Aurora! It's time to go to the ball!"

el agujero
hole

"¡Qué descuidado! ¡Tienes un agujero en el calcetín!"
"What a slob! You have a hole in your sock!"

el par
pair

"¡Algo no está bien con ese par de calcetines!"
"Something is wrong with that pair of socks!"

EN EL SUPERMERCADO

AT THE SUPERMARKET

LA LISTA DEL SUPERMERCADO
shopping list

VERDURAS
vegetables

- [x] **el ajo** garlic

- [ ] **el apio** celery

- [ ] **el brócoli** broccoli

- [ ] **la calabacita** zucchini

- [x] **la calabaza** pumpkin

- [x] **la cebolla** onion

- [x] **los champiñones** mushrooms

- [ ] **los chícharos** peas

- [x] **la coliflor** cauliflower

- [x] **los ejotes** string beans

- [x] **la espinaca** spinach
- [x] **los frijoles** beans

- [ ] **la lechuga** lettuce

- [ ] **el maíz** corn

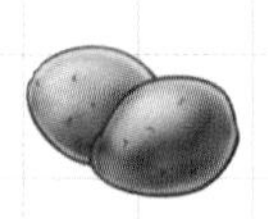

- [ ] **la papa** potato

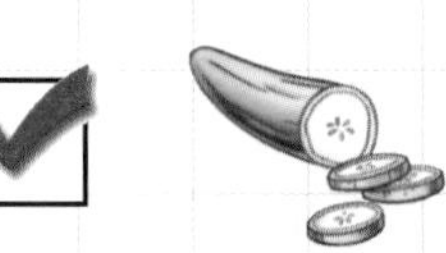

- [x] **el pepino** cucumber

- [x] **el pimiento** bell pepper

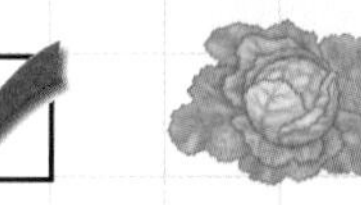

- [x] **el repollo** cabbage

- [x] **el tomate** tomato

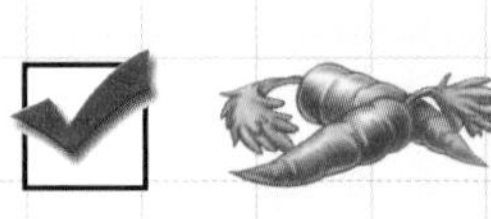

- [x] **la zanahoria** carrot

FRUTAS
fruit

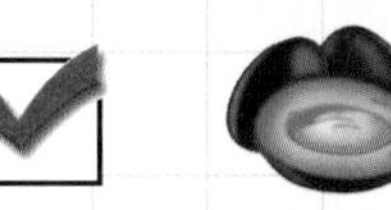

- [x] **el aguacate** avocado

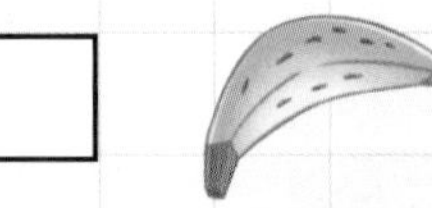

- [ ] **la banana** banana

- [x] **la cereza** cherry

- [x] **el chabacano** apricot
- [x] **la ciruela** plum
- [ ] **el durazno** peach
- [x] **la fresa** strawberry
- [ ] **el kiwi** kiwi
- [x] **el limón** lemon
- [x] **la manzana** apple
- [x] **la naranja** orange
- [x] **la pera** pear
- [x] **la piña** pineapple
- [ ] **la sandía** watermelon
- [ ] **la toronja** grapefruit
- [ ] **las uvas** grapes

OTRA COMIDA
other food

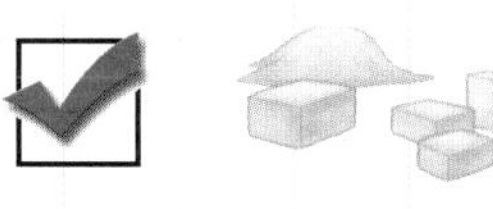

- [x] **el azúcar** sugar

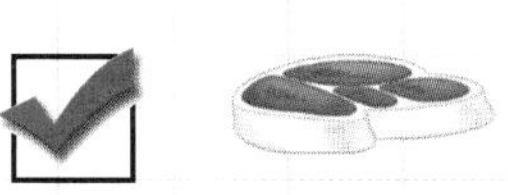

- [x] **la carne** meat

- [x] **los cereales** cereal

- [x] **las galletas** cookies

- [x] **la harina** flour

- [x] **la leche** milk

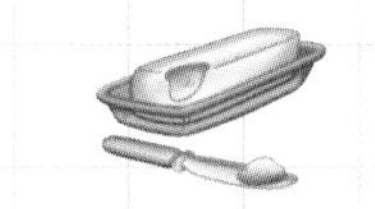

- [ ] **la mantequilla** butter

- [ ] **la mermelada** jelly

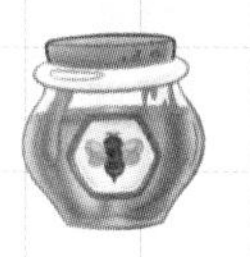

- [ ] **la miel** honey

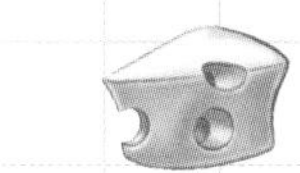

- [ ] **el queso** cheese

OTRAS COSAS
other things

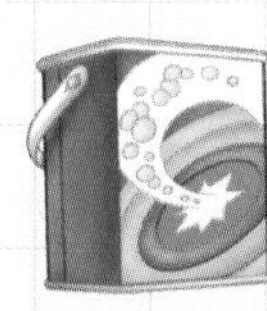

- [x] **el detergente** detergent

los recipientes containers

la bolsa bag

la caja box

la botella bottle

el frasco jar

la lata can

EN EL RESTAURANTE

AT THE RESTAURANT

el cocinero/
la cocinera
cook
el vaso
glass
el tazón
bowl
el cuchillo
knife
el tenedor
fork
la servilleta
napkin
la cuchara
spoon
el mantel
tablecloth

dulce
sweet
El chocolate puede ser muy dulce.
Chocolate can be very sweet.
picante
spicy
¡La comida mexicana es picante!
Mexican food is spicy!
salado
salty
¡La comida salada te da sed!
Salty food makes you thirsty!

SALIR A COMER

EATING OUT

las papas fritas
fries
50¢
HAMBURGUESAS DUCKBURG
la malteada
milkshake
la salsa de tomate
ketchup
la ensalada
salad
el hot dog
hot dog
la hamburguesa
hamburger
la pasta
pasta
el marisco
seafood
el bistec
steak
el pollo
chicken
la sopa
soup
el pastel
pie
el postre
dessert
RESTAURANTE LITTLE CORNER
menú
el arroz
rice

LA GENTE EN EL TRABAJO

PEOPLE AT WORK

el chofer
driver

Es muy mal chofer.
He's a very bad driver.

el escritor/ la escritora
writer

Un buen escritor da vida a sus personajes.
A good writer brings his characters to life.

el peluquero/ la peinadora
hairdresser

¡Ir al peluquero puede ser arriesgado!
Going to the hairdresser can be risky!

el periodista/ la periodista
journalist

Los periodistas van a cualquier lugar cuando están trabajando.
Journalists go everywhere for work.

el secretario/ la secretaria
secretary

¡Los secretarios hacen muchas cosas a la vez!
Secretaries do a lot of things at once!

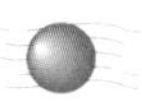

el bailarín/ la bailarina
dancer

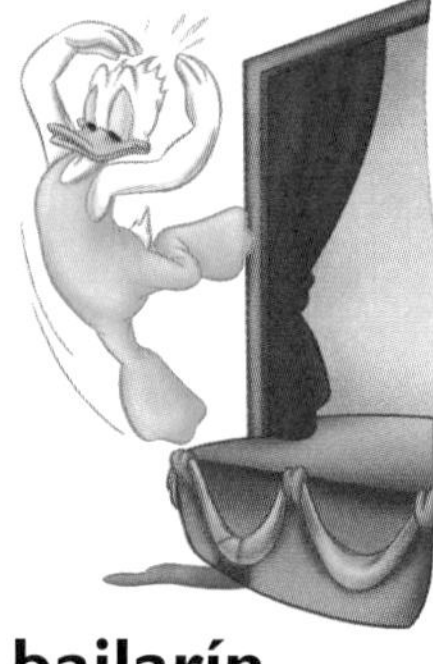

Ser bailarín requiere agilidad.
Being a dancer takes agility.

el doctor/ la doctora
doctor

¡Algunos doctores tienen pacientes raros!
Some doctors have strange patients!

Quiet!
Mattress tester at work!

el dentista/ la dentista
dentista

Los dentistas necesitan aparatos especiales.
Dentists need special tools.

el fotógrafo/ la fotógrafa
photographer

¡Algunos fotógrafos son demasiado curiosos!
Some photographers are too curious!

el pintor/ la pintora
painter

¡Qué pintor tan creativo!
What a creative painter!

el piloto
pilot

¡Es un piloto atrevido!
He's a daring pilot!

el veterinario/ la veterinaria
vet

¡Los veterinarios quieren de verdad a todos sus pacientes!
Vets really love all their patients!

el hombre de negocios/ la mujer de negocios
businessman/businesswoman

Es un hombre de negocios con éxito.
He's a successful businessman.

el policía/ la mujer policía
police officer

Los policías manejan coches especiales.
Police officers drive special cars.

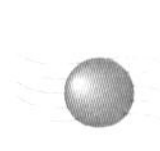

el bombero
firefighter

¡Un bombero es una persona valiente!
A firefighter is a brave person!

el cartero
letter carrier

Los carteros ponen en el buzón todo tipo de cosas.
Letter carriers deliver all kinds of things.

DE VIAJE
TRAVELING

el pasajero
passenger

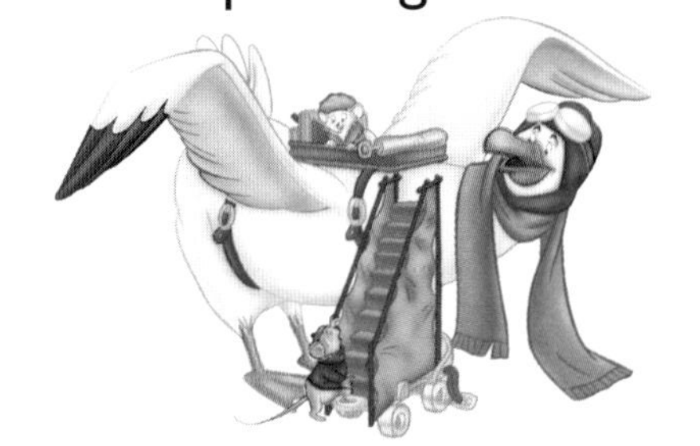

Bernie es un pasajero nervioso.
Bernie is a nervous passenger.

las vacaciones
vacation

¡Merlín ha vuelto de sus vacaciones!
Merlin is back from his vacation!

el viaje
trip

"Voy a hacer un pequeño viaje."
"I'm leaving on a short trip."

el avión
airplane

el barco
ship

el tren
train

el helicóptero
helicopter

la maleta
suitcase

el aeropuerto
airport

¡Hay mucha gente en el aeropuerto!
It's crowded at the airport!

la estación de tren
railroad station

Alguien está esperando en la estación de tren.
Somebody is waiting at the railroad station.

la autopista
freeway

No vayas muy rápido en la autopista.
Don't go too fast on the freeway.

rápido
fast

¡Él maneja muy rápido!
He drives fast!

volar
to fly

¡Hay distintas formas de volar!
There are different ways to fly!

navegar
to sail

El príncipe Eric está navegando alrededor del mundo.
Prince Eric is sailing around the world.

CONTRARIOS
OPPOSITES

temprano
early

Ella siempre llega temprano.
She always arrives early.

tarde
late

Él siempre llega tarde.
He always arrives late.

tomar
to catch

perder
to miss

Daisy toma el autobús todos los días a las 9:00.
Daisy catches the bus every day at 9:00.

Donald pierde el autobús todos los días a las 9:01.
Donald misses the bus every day at 9:01.

volver
to come back

"¡Vuelve pronto!"
"Come back soon!"

quedarse
to stay

"Me quedo en casa para cuidar de las plantas."
"I'm staying at home to take care of the plants."

EL CLIMA
THE WEATHER

el amanecer
sunrise

Este será un amanecer memorable.
This will be an unforgettable sunrise.

el atardecer
sunset

Están viendo el atardecer juntos.
They're watching the sunset together.

brillar
to shine

El sol brilla.
The sun is shining.

el impermeable
raincoat

la lluvia
rain

el relámpago
lightning

la nube
cloud

el paraguas
umbrella

el trueno
thunder

Hay gente que tiene miedo de los truenos.
Some people are afraid of thunder.

el cielo
sky

¡Un cielo estrellado tiene algo mágico!
There's something magical about a starry sky!

la niebla
fog

"¡Hoy la niebla está muy espesa!"
"The fog is very thick today!"

el arco iris
rainbow

"¡Mira!
¡Hay un arco iris!"
"Look! There's a rainbow!"

la tormenta
storm

"¡No se preocupen! ¡Es sólo una tormenta!"
"Don't worry! It's only a storm!"

la nieve
snow

"¡Ven! ¡Juguemos
en la nieve!"
"Come on!
Let's play in the snow!"

el viento
wind

Pocahontas disfruta
el viento otoñal.
Pocahontas enjoys the fall wind.

lluvioso
rainy

"¡Qué día tan lluvioso!"
"What a rainy day!"

soleado
sunny

"¡Qué día tan soleado!"
"What a sunny day!"

ventoso
windy

¡En días ventosos las cosas
ligeras salen volando!
On windy days,
light things fly away!

nublado
cloudy

"¡Hoy está muy nublado!"
"It's really cloudy today!"

LAS ESTACIONES Y LOS MESES

SEASONS AND MONTHS

LA PRIMAVERA
spring

EL VERANO
summer

EL OTOÑO
fall

EL INVIERNO
winter

EN LA PLAYA

ON THE BEACH

la ola
wave
hacer surf
surfing
la estrella de mar
starfish
el bronceador
suntan lotion
el mar
ocean

flotar
to float
"¡Puedo flotar!"
"I can float!"
tirarse de cabeza
to dive
¡Tírate de cabeza sólo en aguas profundas!
Only dive in deep water!
nadar
to swim
¡David está nadando velozmente!
David is swimming fast!

EL CAMPO Y ACAMPANDO

THE COUNTRYSIDE AND CAMPING

la brújula
compass

la linterna
flashlight

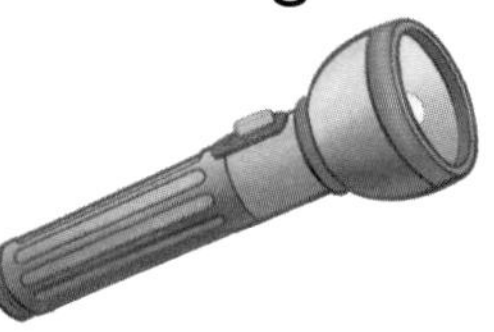

el botiquín de primeros auxilios
first-aid kit

la venda
bandage

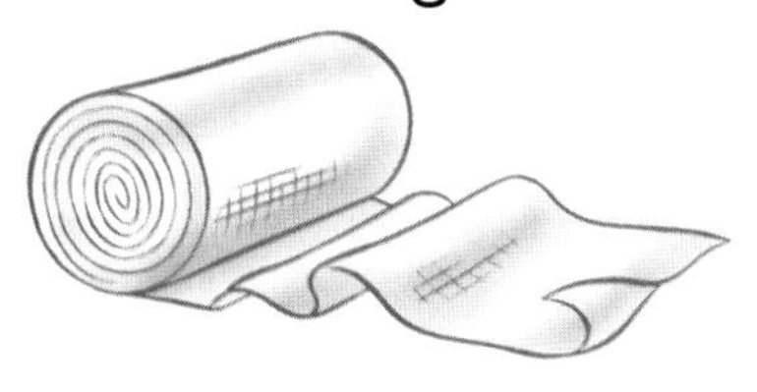

la curita
Band-Aid

INSECTOS
insects

la mosca
fly

la abeja
bee

la mariposa
butterfly

la hormiga
ant

la araña
spider

la rana
frog

el pájaro
bird

ir de excursión
hiking

¡Ir de excursión puede ser muy cansado!
Hiking can be really tiring!

pescar
fishing

Pescar requiere mucha paciencia.
Fishing takes a lot of patience.

EN LA GRANJA

ON THE FARM

el tractor
tractor

el granero
barn

la gallina
hen

el gallo
rooster

la oveja
sheep

el establo
stable

la vaca
cow

el caballo
horse

la cerca
fence

el puerco
pig

el agricultor/la agricultora
farmer

Los agricultores trabajan duro... algunas veces.
Farmers work hard... sometimes.

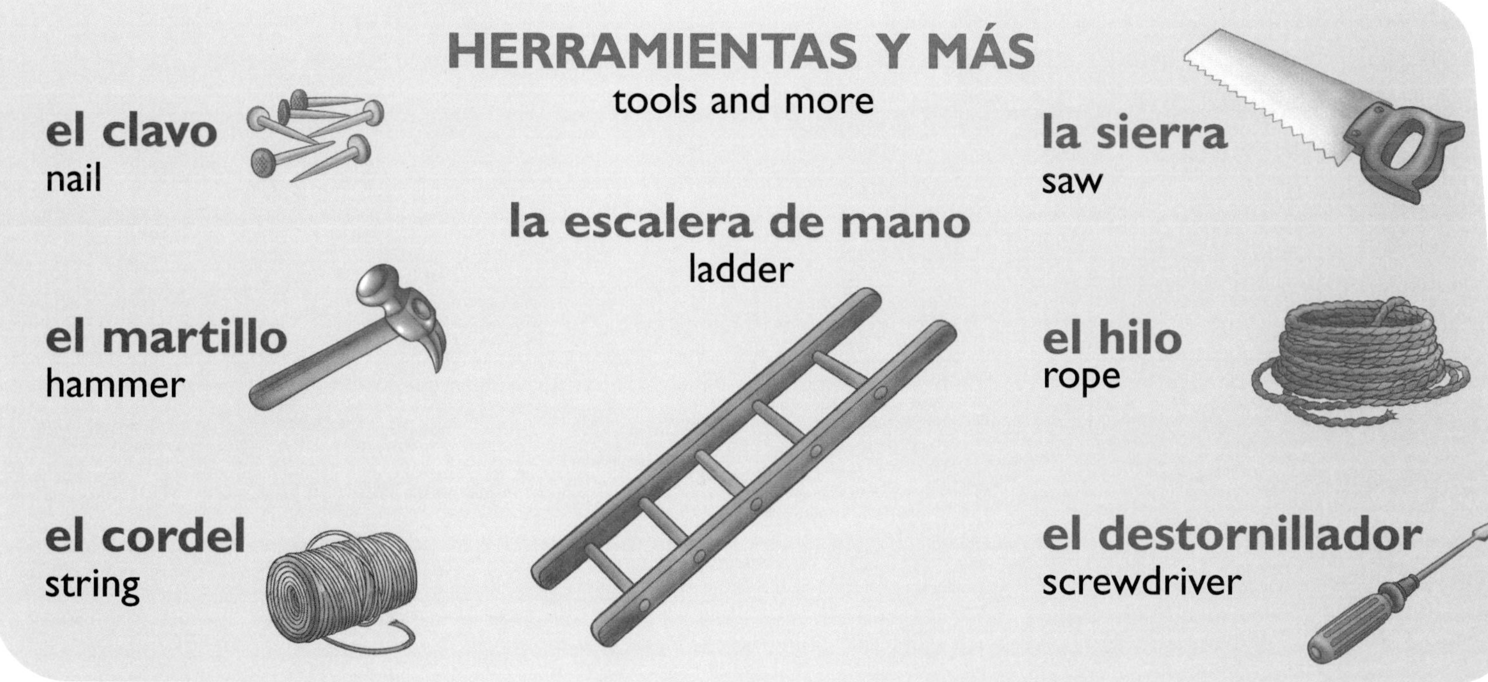

HERRAMIENTAS Y MÁS
tools and more

el clavo
nail

la sierra
saw

la escalera de mano
ladder

el martillo
hammer

el hilo
rope

el cordel
string

el destornillador
screwdriver

regar
to water

Ella riega las plantas todos los días.
She waters the plants every day.

la máquina
machine

"¡Esta máquina lo hace todo!"
"This machine does everything!"

¡VAMOS A LA MONTAÑA!
LET'S GO TO THE MOUNTAINS!

los esquís
skis

la chamarra para esquiar
ski jacket

los palos de esquí
ski poles

los guantes
gloves

el gorro
cap

las botas
boots

la bufanda
scarf

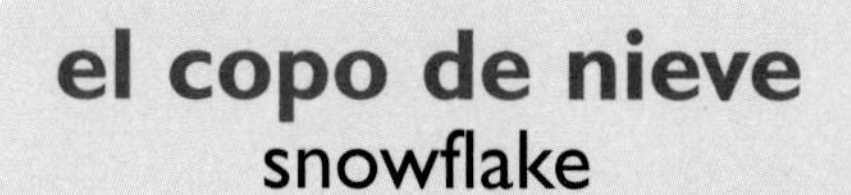

el copo de nieve
snowflake

el muñeco de nieve
snowman

la bola de nieve
snowball

¡A Pluto le encantan los copos de nieve!
Pluto loves snowflakes!

¡Él es bueno haciendo muñecos de nieve!
He's good at making snowmen!

"¡Ya deja de aventar bolas de nieve!"
"No more snowballs!"

el hielo
ice

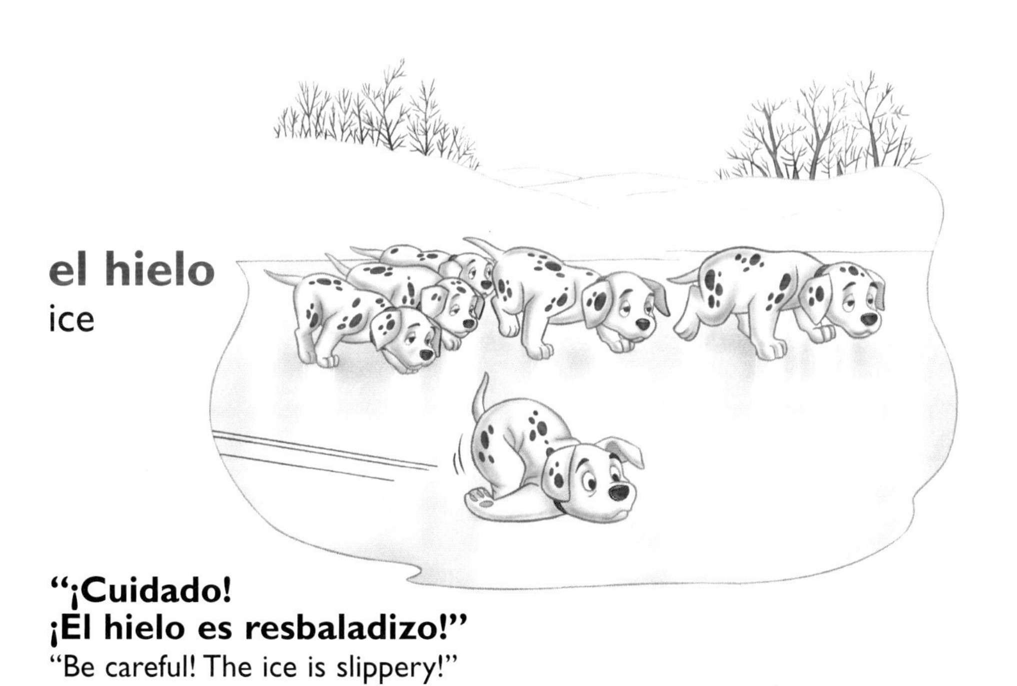

"¡Cuidado!
¡El hielo es resbaladizo!"
"Be careful! The ice is slippery!"

el trineo
sled

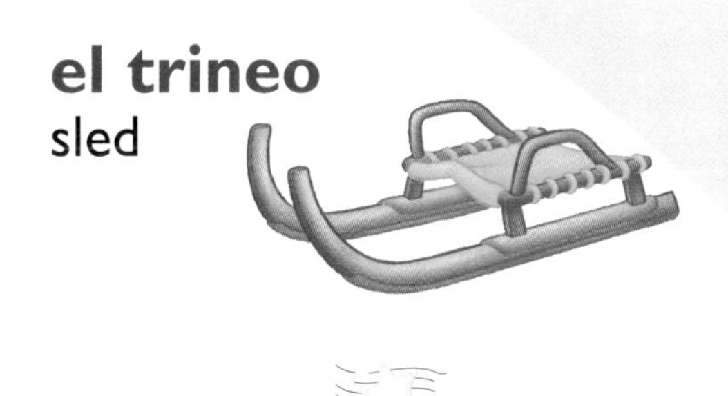

el carámbano
icicle

esquiar
to ski

Donald está aprendiendo a esquiar.
Donald is learning to ski.

congelarse
to freeze

"¡Se me congela la cola!"
"My tail is freezing!"

la telesilla
ski lift

el snowboard
snowboard

derretir
to melt

¡La nieve se está derritiendo!
The snow is melting!

los patines de hielo
ice skates

¡Qué rápido van en patines de hielo!
How fast they go on ice skates!

la pista de esquiar
ski slope

EL BOSQUE

THE FOREST

la cascada
waterfall

el árbol
tree

¡Robin Hood está escondido en el árbol!
Robin Hood is hiding in the tree!

el ciervo
deer

Un ciervo es un animal majestuoso.
A deer is a majestic animal.

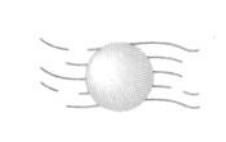

el oso
bear

¡Los osos pequeñitos son monísimos!
Little bears are so cute!

el murciélago
bat

Los murciélagos duermen boca abajo.
Bats sleep upside down.

la ardilla
squirrel

Las ardillas tienen la cola esponjada.
Squirrels' tails are bushy.

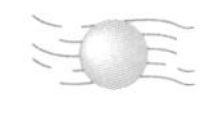

el zorro
fox

Los zorros son pequeños y ágiles.
Foxes are small and agile.

el lobo
wolf

"¡Cuidado! ¡El lobo tiene hambre!"
"Be careful! The wolf is hungry!"

el búho
owl

Los búhos tienen ojos grandes.
Owls have big eyes.

EL MAR
THE SEA

la isla
island

el delfín
dolphin

¡Los delfines son elegantes nadadores!
Dolphins are graceful swimmers!

la gaviota
seagull

¡Las gaviotas graznan muy alto!
Seagulls cackle loudly!

el cangrejo
crab

El cangrejo tiene pinzas.
A crab has pincers.

el pez
fish

A los peces les encanta el agua.
Fish love water.

el pulpo
octopus

El pulpo tiene tentáculos.
An octopus has tentacles.

la ballena
whale

Las ballenas son animales enormes.
Whales are huge animals.

el tiburón
shark

¡Los tiburones tienen los dientes afilados!
Sharks have sharp teeth!

LA SELVA

THE JUNGLE

LA SABANA
THE SAVANNAH

EXPLORANDO EL MUNDO
EXPLORING THE WORLD

el bambú
bamboo
el camino
path
el panda
panda

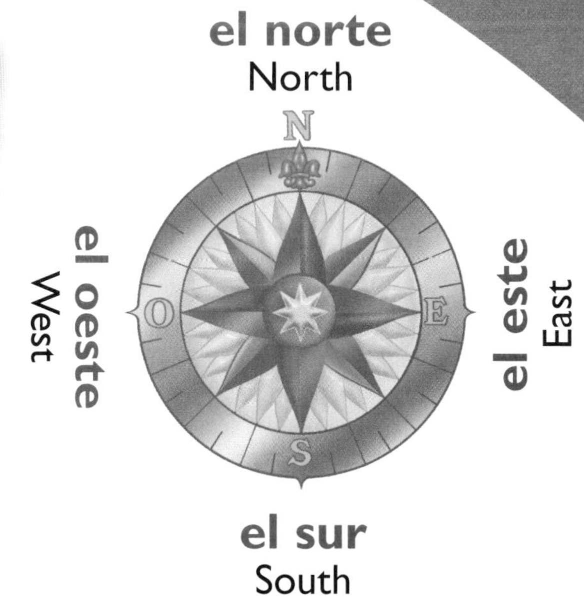
el norte
North
el oeste
West
el este
East
el sur
South

el avestruz
ostrich
el canguro
kangaroo
el guía/
la guía
guide

EL ESPACIO
OUTER SPACE

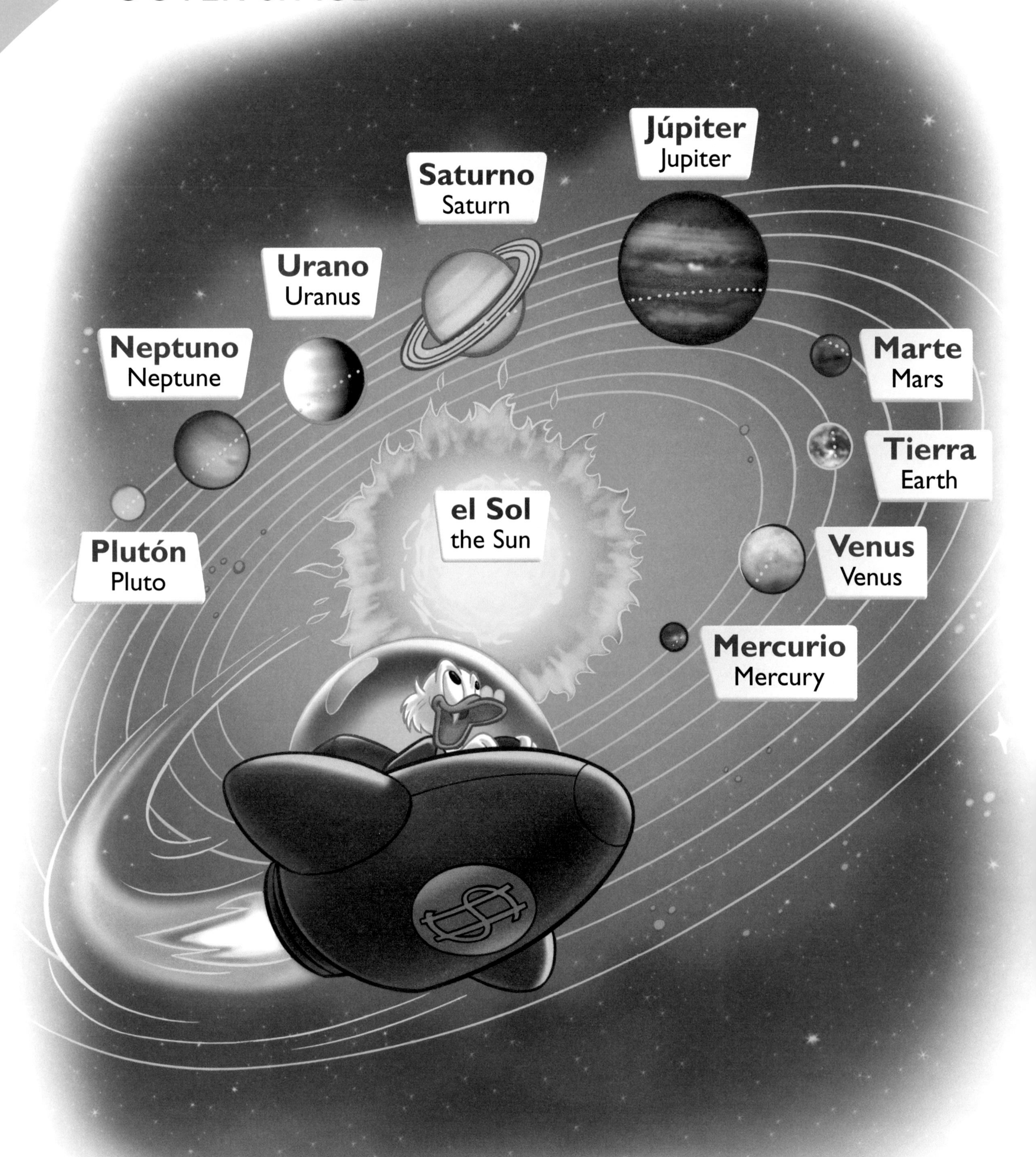

la estrella
star

Las estrellas brillan en el cielo.
The stars are twinkling in the sky.

la luna
moon

Hoy hay luna llena.
The moon is full tonight.

la galaxia
galaxy

la estrella fugaz
shooting star

la nave espacial
spaceship

¡Lilo tiene su propia nave espacial!
Lilo has her very own spaceship!

el extraterrestre
alien

¡Puede haber extraterrestres entre nosotros!
Aliens might be among us!

el satélite
satellite

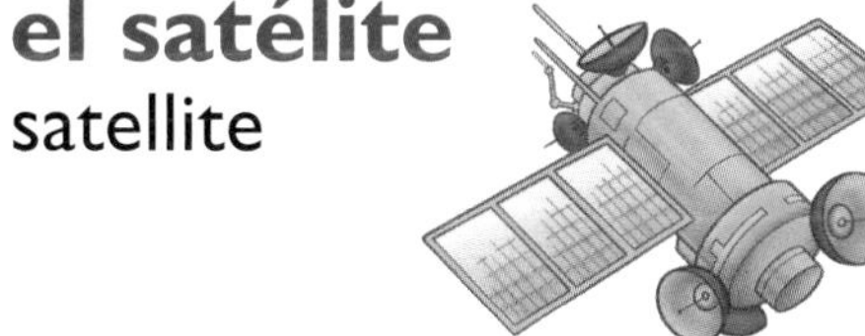

la constelación
constellation

la cuenta regresiva
countdown

"Comienza la cuenta regresiva: diez, nueve, ocho…"
"The countdown begins: ten, nine, eight…"

el OVNI
UFO

Un OVNI es un Objeto Volador No Identificado.
A UFO is an Unidentified Flying Object.

el astronauta/ la astronauta
astronaut

¡Este astronauta parece un poco preocupado!
This astronaut looks a bit worried!

EL MUNDO DE LA FANTASÍA

THE WORLD OF FANTASY

la aventura
adventure

“¡Nuestra aventura está a punto de comenzar!”
“Our adventure is about to begin!”

el genio
genie

No todas las lámparas tienen un genio dentro.
Not all lamps have a genie inside.

el encantamiento
spell

¡Está haciendo un encantamiento!
She's casting a spell!

el fantasma
ghost

A Minnie le dan miedo los fantasmas.
Minnie is afraid of ghosts.

el monstruo
monster

“¡Socorro! ¡Un monstruo!”
“Help! A monster!”

el vampiro
vampire

¡Incluso los vampiros tienen problemas!
Even vampires have problems!

la sirena
mermaid

Las sirenas no pueden vivir en la tierra.
Mermaids can't live on land.

emocionante
exciting

¡Volar en la alfombra mágica es emocionante!
Flying on the magic carpet is exciting!

raro
strange

¡Este lugar está lleno de criaturas raras!
This place is full of strange creatures!

horrible
horrible

¡Qué bruja tan horrible!
What a horrible witch!

el mago
wizard

la bruja
witch

¡Es un mago muy poderoso!
He's a very powerful wizard!

¡Es una bruja muy peligrosa!
She's a very dangerous witch!

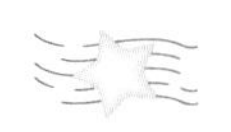

la magia
magic

"¡La magia hace las cosas fáciles!"
"Magic makes things easy!"

el tesoro
treasure

la varita mágica
magic wand

espeluznante
scary

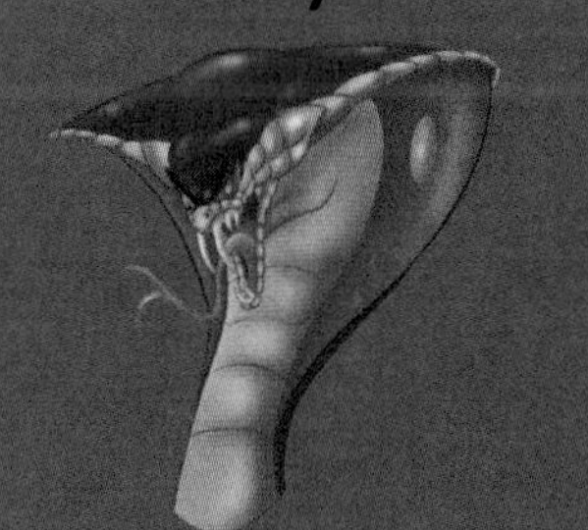

¡Esta serpiente es espeluznante!
This snake is scary!

el hada
fairy

El hada convierte a Pinocho en un niño de verdad.
The fairy turns Pinocchio into a real boy.

HISTORIAS Y CUENTOS DE HADAS

STORIES AND FAIRY TALES

el rey
king

Un rey se sienta en su trono.
A king sits on the throne.

la reina
queen

Una reina vive en un castillo.
A queen lives in a castle.

la princesa
princess

¡Blancanieves es una princesa feliz!
Snow White is a happy princess!

el caballero
knight

Este caballero lleva una armadura pesada.
This knight wears heavy armor.

el vaquero
cowboy

Los vaqueros son valientes.
Cowboys are brave.

el trono
throne

la corona
crown

el pirata/ la pirata
pirate

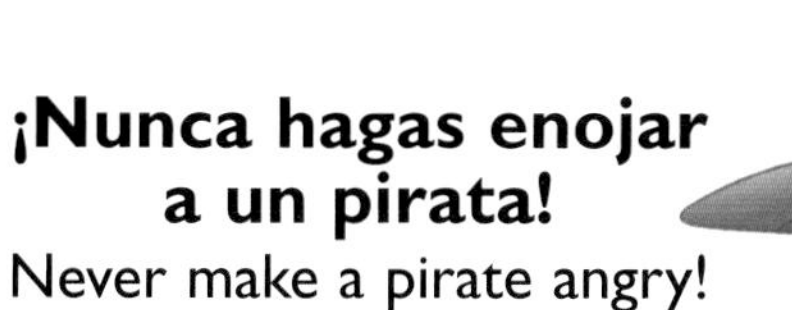

¡Nunca hagas enojar a un pirata!
Never make a pirate angry!

el final
the end

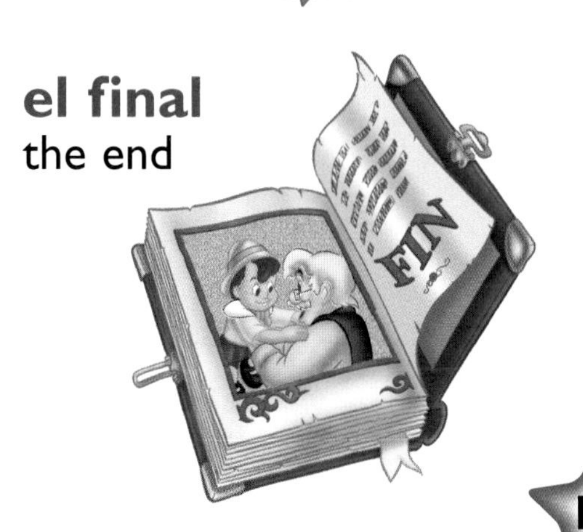

¡ADIÓS!
Good-bye!
¡HASTA PRONTO!
So long!
ADIÓS, CHICOS!
BYE, GUYS!
¡CUÍDENSE!
Take care!
¡HASTA LUEGO!
See you later!
¡HASTA LA VISTA!
See you soon!
¡QUE TENGAN UN BUEN DÍA!
Have a nice day!

LAS PALABRAS BÁSICAS
THE BASICS

LOS COLORES
COLORS

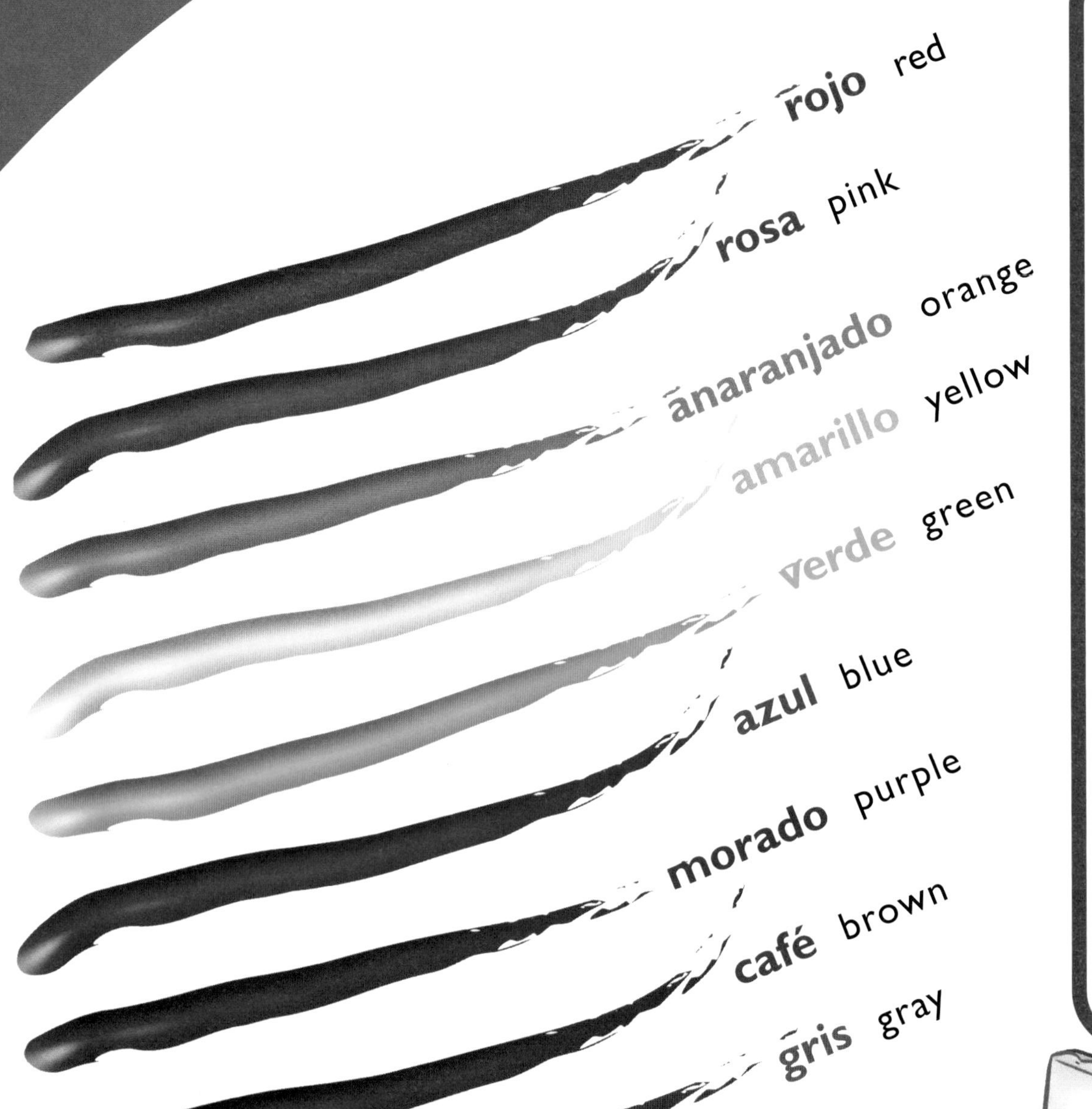

azul claro
light blue

azul oscuro
dark blue

verde claro
light green

verde oscuro
dark green

LAS FORMAS
SHAPES

el cuadrado
square

el rectángulo
rectangle

el círculo
circle

el triángulo
triangle

el rombo
diamond

el óvalo
oval

CONTRARIOS
OPPOSITES

redondo
round

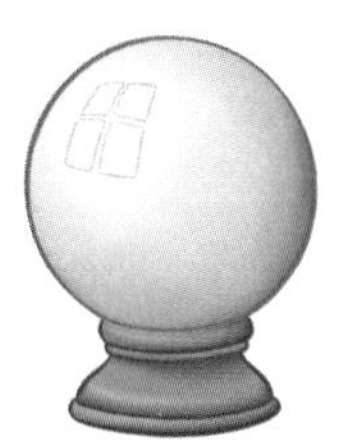

La bola de cristal es redonda.
The crystal ball is round.

recto
straight

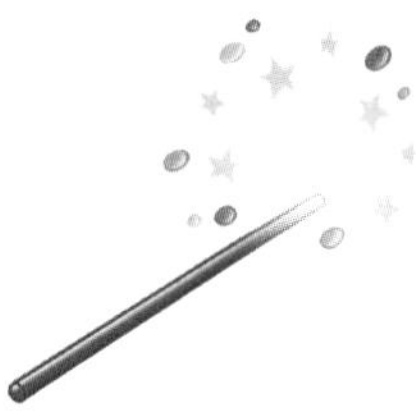

La varita mágica es recta.
The magic wand is straight.

el corazón
heart

LOS NÚMEROS
NUMBERS

0 cero	10 diez	20 veinte
1 uno	11 once	30 treinta
2 dos	12 doce	40 cuarenta
3 tres	13 trece	50 cincuenta
4 cuatro	14 catorce	60 sesenta
5 cinco	15 quince	70 setenta
6 seis	16 dieciséis	80 ochenta
7 siete	17 diecisiete	90 noventa
8 ocho	18 dieciocho	100 cien
9 nueve	19 diecinueve	1000 mil

¿QUÉ HORA ES?
WHAT'S THE TIME?

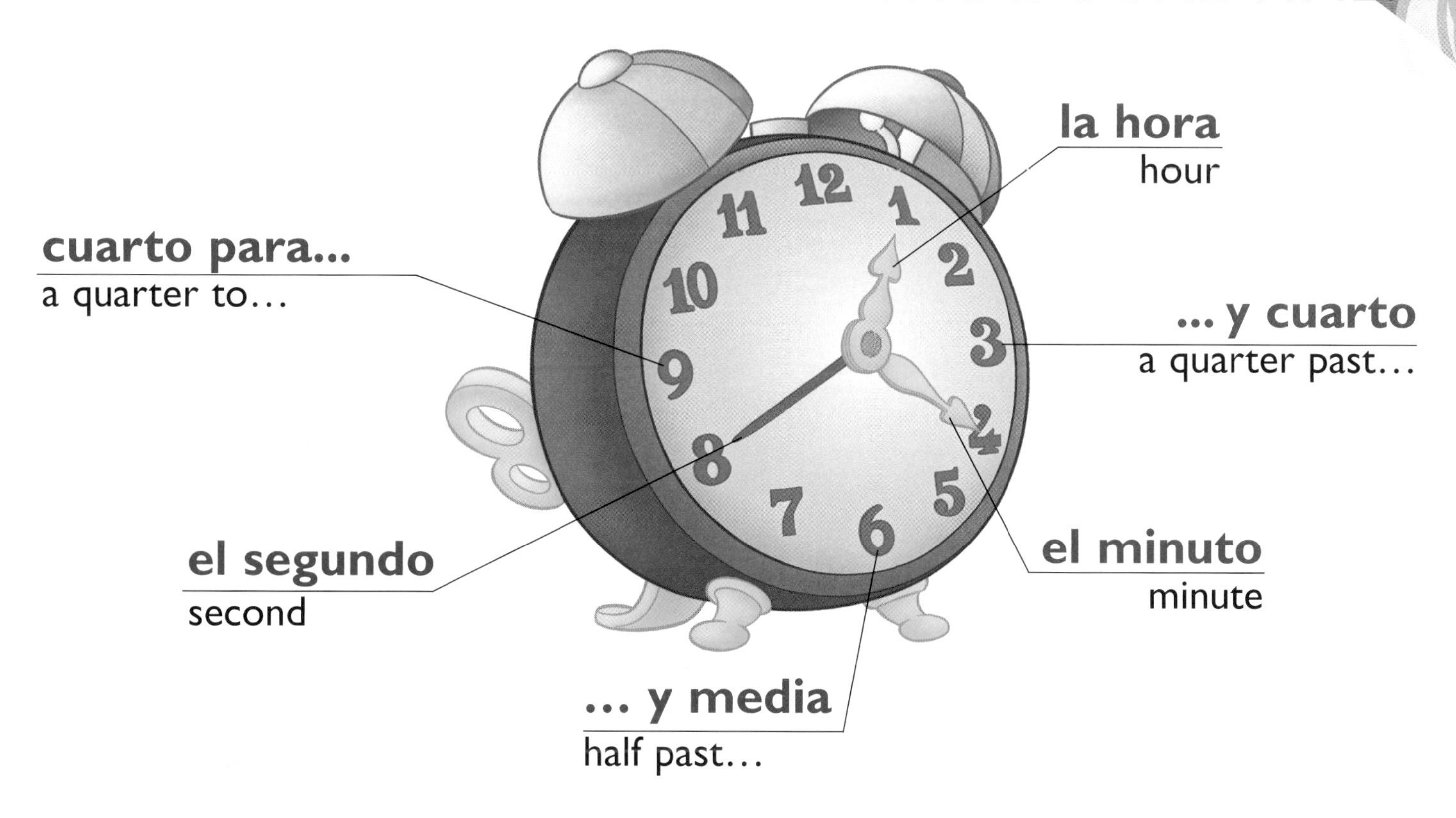

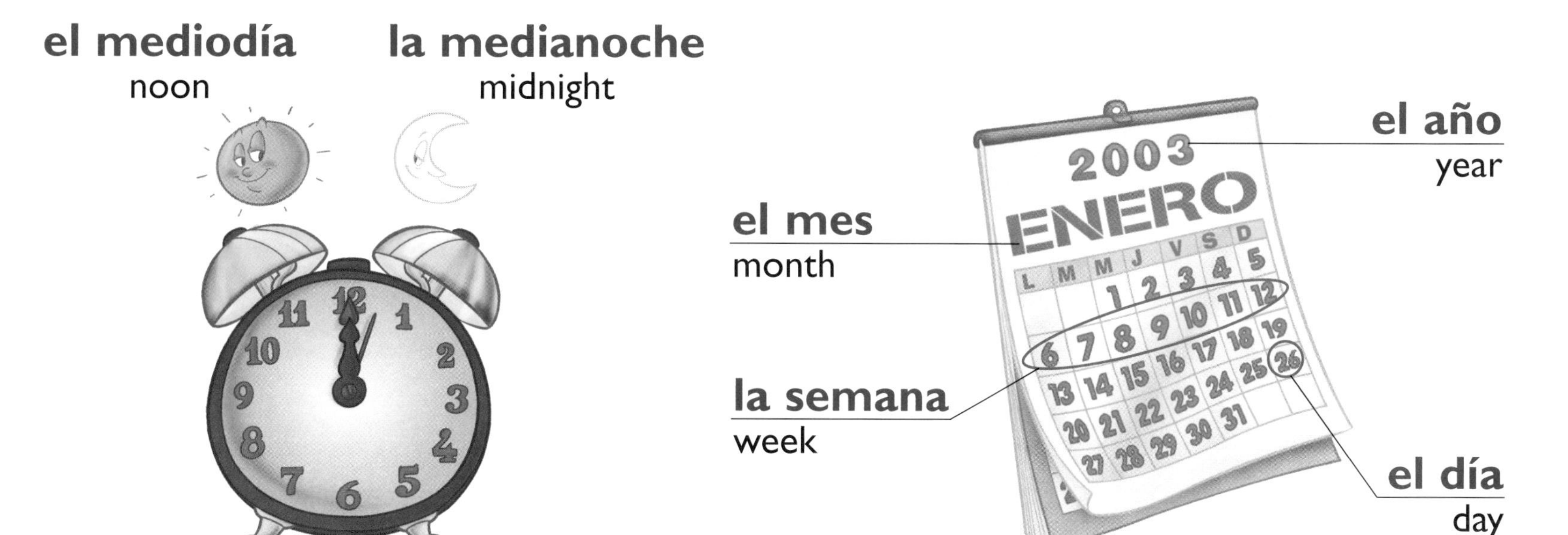

PEQUEÑOS AYUDANTES
LITTLE HELPERS

a
to
"¡Dale esto a Daisy!"
"Give this to Daisy!"

de
of
"¡Es un ramo de flores!"
"It's a bunch of flowers!"

para
for
"¡Esto es para ti!"
"This is for you!"

de/de parte de
from
"¡Es de parte de Donald!"
"It's from Donald!"

pero
but
Está cansado, pero feliz.
He's tired but happy.

si
if
Si frotas la lámpara, el genio aparecerá.
If you rub the lamp, the genie will come out.

sólo
only
¡Es sólo un juego!
It's only a game!

sin
without
¡No puedes entrar sin una invitación!
You can't come in without an invitation!

con
with
"¡Venga con Mickey!"
"Come with Mickey!"

o
or
¿Chocolate o fresa?
Chocolate or strawberry?

también
also
Ella sabe cantar. También sabe bailar.
She can sing. She can also dance.

no
not
"¡Ahí dentro yo no voy!"
"I'm not going in there!"

y
and
Lilo y Stitch son inseparables.
Lilo and Stitch are inseparable.

un/una
a/an

Esto es un diccionario. Eso es una naranja
This is a dictionary. That is an orange.

unos/unas
some

Tenemos unas revistas y unos limones.
We have some magazines and some lemons.

ese/esa/eso
that

este/esta/esto
this

"Esta es mi cometa. ¿Qué es eso?"
"This is my kite. What's that?"

estos/estas
these

esos/esas
those

"Estas son mis canicas. ¿De quién son esas cosas?"
"These are my marbles. Whose are those?"

el/la/los/las
the

¿Cuándo se acaba el partido?
When does the game end?

¿De quién son los zapatos?
Whose are the shoes?

¿Cómo se llaman las hermanas?
What are the sisters called?

¿Dónde está la silla?
Where's the chair?

¿QUÉ?
What?

¿QUIÉN?
Who?

¿DÓNDE?
Where?

¿CÓMO?
How?

¿CUÁNDO?
When?

¿POR QUÉ?
Why?

¡PORQUE LO DIGO YO!
Because I say so!

LA GRAMÁTICA MÁGICA

MAGIC GRAMMAR

PERSONAL PRONOUNS

There are three different ways of saying "you" in Spanish. When speaking to a friend, family member, or someone your own age, use **tú**. When you're being polite, use **usted**. When you're speaking to more than one person, use **ustedes**.

yo	**tú/ usted**	**él**	**ella**	**nosotros**	**ustedes**	**ellos/ellas**
I	you (one person)	he/it	she/it	we	you (many people)	they

POSSESSIVES

All possessives have singular and plural forms. **Nuestro** also has masculine and feminine forms.

	my	your	his/her/its your (polite)	our	their
Sing.	**mi**	**tu**	**su**	**nuestro/ nuestra**	**su**
Pl.	**mis**	**tus**	**sus**	**nuestros/ nuestras**	**sus**

SER

to be

Use **ser** to talk about who or what people or things are, where they're from, what they do, and what they're like: **Soy Mickey.** I'm Mickey. **Pocahontas es de aquí.** Pocahontas is from here. **Somos dentistas.** We are dentists. **Los cachorros son pequeños.** The puppies are small.

yo soy...	I am...
tú eres...	you are...
él/ella es...	he/she/it is...
usted es...	you are...
nosotros somos...	we are...
ustedes son...	you are...
ellos/ellas son...	they are...

ESTAR

to be

Use **estar** to talk about where people or things are, how they're feeling, and what they're doing:

El tenedor está en la mesa. The fork is on the table.

Estamos cansados. We are tired.

Hugo, Paco y Luis están jugando en el jardín. Huey, Dewey, and Louie are playing in the yard.

yo estoy...	I am...
tú estás...	you are...
él/ella está...	he/she/it is...
usted está...	you are...
nosotros estamos...	we are...
ustedes están...	you are...
ellos/ellas están...	they are...

TENER

to have

You can also use **tener que** to say that you have to do something:

Tengo que abrir la ventana. I have to open the window.

yo tengo	I have
tú tienes	you have
él/ella tiene	he/she/it has
usted tiene	you have
nosotros tenemos	we have
ustedes tienen	you have
ellos/ellas tienen	they have

NEGATIVES

To make a sentence negative in Spanish, just put **no** before the verb:

Pocahontas no es de aquí.
Pocahontas is not from here.

No hablan chino. They don't speak Chinese.

QUESTIONS

To make a sentence into a question in Spanish, just put **¿** at the beginning and **?** at the end:

¿Pocahontas es de aquí?
Is Pocahontas from here?

¿Hablan chino? Do they speak Chinese?

GUÍA DE PRONUNCIACIÓN

PRONUNCIATION GUIDE

LETTER	EXAMPLE	PRONUNCIATION
a	árbol	AR bol
e	perrito	pear REE toe
i	hijo	EE hoe
o	hora	OR ah
u	bruja	BREW ha
b	boca	BOE ka
c	casa	KA sa
	cinco	SEEN ko
ch	chimenea	chee me NAY ah
d	ciudad	see oo DAD
f	flor	FLOOR
g	gafas	GAH fas
	gente	HEN tay
h	hermano	air MA no
j	jabón	ha BONE
k	kilo	KEE lo
l	luz	LOOSE
ll	llave	YA vay
m	muñeca	moon YAY ka
n	nariz	na REES
ñ	año	AHN yo
p	pirata	pee RAH ta
qu	queso	KAY so
r	rana	RAH na
s	sal	SAHL
t	tesoro	tay SO ro
v	viaje	vee AH hay
x	saxofón	sax oh PHONE
y	yogur	yo GOOR
z	zorro	ZO ro
ai, ay	bailar	bye LAR
au	astronauta	as tro NOW ta
ei, ey	rey	RAY
oi, oy	hoy	OY
ue	cuerpo	KWAIR po
ua	agua	AH gwa
ui	cuidado	Kwee DAH do

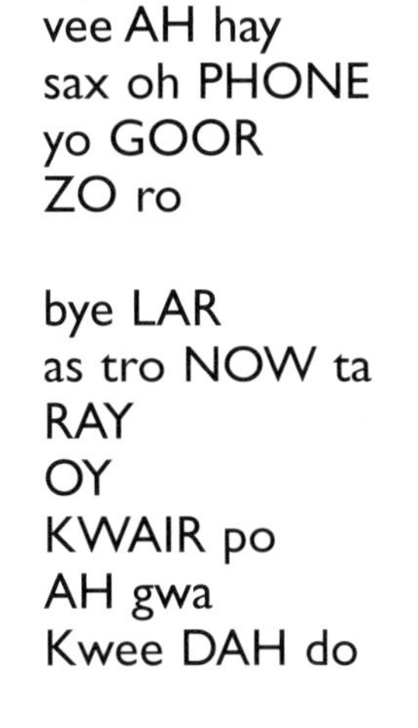

Stress

If a word ends in a vowel, s, or n, stress falls on the last-but-one syllable: ma**ña**na, **pe**ces, **jo**ven

If a word ends in any consonant apart from s or n, stress falls on the last syllable: be**ber**, cere**al**, flota**dor**

Any irregular stress is shown by an accent mark: **béis**bol, **mú**sica, ja**bón**

WORD LIST

ENGLISH - SPANISH

☆ Words with an asterisk * appear in page headings.
☆ Words and phrases in italics are taken from speech bubbles.

A

a un/una 125
accident el accidente 50
to act actuar 68
action el movimiento 54
activity* la actividad* 38
actor el actor 68
actress la actriz 68
to add sumar 38
address la dirección 62
adult el adulto 15
adventure la aventura 114
affectionate cariñoso 15
after después 34
afternoon la tarde 35
to agree estar de acuerdo 51
airplane el avión 92
airport el aeropuerto 92
alarm clock el despertador 21
alien el extraterrestre 113
all todo/todos 79
alone solo 51
also también 124
always siempre 34
ambulance la ambulancia 74
an un/una 125
and y 124
anger el enojo 51
angry: to be angry enojarse 9
animal el animal 17
answer la respuesta 46
ant la hormiga 101
any
  Do you have any...? *¿Tienes...?* 78
  No, I don't have any. *No, no tengo.* 78
apartment el apartamento 72
apple la manzana 85
apricot el chabacano 85
April abril 96
apron el delantal 86
aquarium el acuario 67
arm el brazo 10
around alrededor 28
arts and crafts* artes y oficios* 41
to ask preguntar 46
astronaut el astronauta/la astronauta 113
at a 29
athletics el atletismo 56
attic el desván 18
audience el público 70
August agosto 96
aunt la tía 65
avocado el aguacate 84

B

Baa! *¡Bee!* 102
baby el bebé 65
back la espalda 10
backpack la mochila 37, 100
back yard el jardín de atrás 19
bacon el tocino 88
bad malo 44, 53
bag la bolsa 85
to bake hornear 26
bakery la panadería 76
balcony el balcón 19
ball la pelota 50
balloon el globo 60
bamboo el bambú 111
banana la banana 84
band la banda 71
bandage la venda 101
Band-Aid la curita 101
bank el banco 72
barn el granero 102
baseball el béisbol 56
basketball el básquetbol 57
bat el bate (sport) 59; el murciélago (animal) 106
bathing suit el traje de baño 98
bathtub la tina 22
  to take a bath bañarse 23
bathrobe la bata de baño 22
bathroom* el baño* 22
to be ser 126; estar 127
beach* la playa* 98
bean el frijol 84
bear el oso 106
beard la barba 8
beautiful bello 13; precioso 17
Because... *Porque...* 125
to become volverse 68
bed la cama 20
bedroom* la recámara* 20
bedtime
  It's bedtime! *¡Es la hora de ir a la cama!* 20
bee la abeja 101
before antes 34
behind detrás 28
bell pepper el pimiento 84
belt el cinturón 82
bench el banco 48
the best el/la mejor 44
better mejor 44
between entre 29
bicycle la bicicleta 48
big grande 13, 42
bikini el bikini 98
bird el pájaro 101
birdcage la jaula 17
birthday* el cumpleaños* 60
to bite morder 17
black negro 120
blanket la cobija 21
blue azul 120
blunt desafilado 43
board game el juego de mesa 21
boat el barco 50
body* el cuerpo* 10
bone el hueso 16
book el libro 36
bookcase el librero 36
bookstore la librería 76
boot la bota 104
bored: to be bored estar aburrido 9
boring: to be boring ser aburrido 39
bottle la botella 85
bottom el trasero 10
bowl el tazón 87
Bow-wow! *¡Guau, guau!* 102
box la caja 85
boxing el boxeo 56
boy el niño 14
bread el pan 86
to break romper 50
breakfast el desayuno 32
bridge el puente 72
to bring traer 30
broccoli el brócoli 84
broom la escoba 26
brother el hermano 14
brown café 120
to brush your teeth cepillar los dientes 23
to build construir 41
building el edificio 72
bus el autobús 74
businessman el hombre de negocios 91
businesswoman la mujer de negocios 91
but pero 124
butcher la carnicería 76
butter la mantequilla 85
butterfly la mariposa 101
to buy comprar 80

C

cabbage el repollo 84
cake el pastel 60
calculator la calculadora 37
to call llamar 62
camel el camello 110
camera la cámara 60
to camp* acampar* 100
can poder (be able to) 55; la lata (container) 85
  Can I help you? *¿En qué le puedo ayudar?* 76
candle la vela 60

candy los caramelos 61
cap el gorro 104
car el coche 74
cards las cartas 50
care
 Take care! *¡Cuídense!* 118
careful
 Be careful! *¡Ten/Tenga cuidado!* 67
carousel el carrusel 66
carpet el tapete 24
carrot la zanahoria 84
to carry llevar 30
cartoon el dibujo animado 69
castle el castillo 116
cat el gato 16
to catch agarrar (a ball) 57; tomar (a bus) 93
cauliflower la coliflor 84
ceiling el techo 20
celebration* la celebración* 63
celery el apio 84
cello el violonchelo 71
cereal los cereales 85
chair la silla 26
chalk la tiza/el gis 36
chalkboard la pizarra/el pizarrón 36
champion el campeón 59
change el cambio 77
 Here's your change! *¡Aquí tiene su cambio!* 77
to change cambiar 83
to chase perseguir 49
cheap barato 81
cheek la mejilla 8
cheese el queso 85
cherry la cereza 84
chess el ajedrez 50
chest el pecho 10
chicken el pollo 89
child el niño/la niña 15
children los niños (young people) 15; los hijos (of parents) 15
chimney la chimenea 18
chin la barbilla 8
chips las papas fritas 61
chocolate el chocolate 61
to choose elegir 80
Christmas la Navidad 63
Christmas tree el árbol de Navidad 63
circle el círculo 121
circus el circo 66
city* la ciudad* 72
to clap aplaudir 68
clarinet el clarinete 71
class la clase 37
classroom* el aula* 36
clean limpio 42
to clean limpiar 26
to climb trepar 54
clock el reloj 36
to close cerrar 19
closet el armario 21
clothes* la ropa* 82
clothing store la tienda de ropa 76
cloud la nube 94
cloudy nublado 95
clown el payaso 66
coach el entrenador/la entrenadora 58
coat el abrigo 82
Cock-a-doodle-doo! *¡Ki-ki-ri-kí!* 102
coffee el café 88
coffee shop el café 76
coin la moneda 81
cold frío (not hot) 97; el resfriado (illness) 12
color* el color* 120
to color colorear 41
comb el peine 22
to come venir 67
to come back volver 93
Come in! *¡Pasa!* 24
comedy la comedia 69
comparison* la comparación* 44
compass la brújula 101
computer la computadora 37
concert el concierto 71
constellation la constelación 113
container el recipiente 85
cook el cocinero/la cocinera 87
to cook cocinar 26
cookie la galleta 85
cool fresco 97
corn el maíz 84
corner la esquina 72
to cost costar 81
costume el disfraz 63
cotton candy el algodón de azúcar 66
cough la tos 12
to count contar 38
countdown la cuenta regresiva 113
countryside* el campo* 100
cousin el primo/la prima 64
cow la vaca 102
cowboy el vaquero 117
crab el cangrejo 107
crackers las galletas 86
crocodile el cocodrilo 108
to cross cruzar 74
crown la corona 117
to cry llorar 69
cucumber el pepino 84
cup la taza 86
to cut cortar 41
cymbals los címbalos 71

D

dad/daddy el papá 14
to dance bailar 71
dancer el bailarín/la bailarina 90
dark oscuro 120
daughter la hija 15
day el día 33, 35, 123
 Have a nice day! *¡Que tengan un buen día!* 118
day off* el día libre* 66
December diciembre 97
deer el ciervo 106
delicious
 It's delicious! *¡Está delicioso!* 86
dentist el dentista/la dentista 91
department store las tiendas departamentales 77
to describe* describir* 13
desert el desierto 110
desk el escritorio 36
dessert el postre 89
detergent el detergente 85
diamond el rombo(shape) 121
different diferente 45
difficult difícil 40
dinner la cena 33
directions las instrucciones para llegar 75
dirty sucio 42
disagree no estar de acuerdo 51
dish el plato 26
dishwasher el lavaplatos 27
to dive tirarse de cabeza 99
doctor el doctor/la doctora 90
dog el perro 16
doghouse la casa del perro 17
doll la muñeca 21
dolphin el delfín 107
door la puerta 18
doorbell el timbre de la puerta 19
double bass el contrabajo 71
down: to go down bajar 28
downstairs abajo 19
dragon el dragón 116
drape la cortina 20
to draw dibujar 38
drawer el cajón 20
to dream soñar 33
 Sweet dreams! *¡Que sueñes con los angelitos!* 20
dress el vestido 82
drink la bebida 88
to drink beber 26
to drive manejar 74
driver el chofer 90
to drop dejar caer 30
drugstore la farmacia 77
drum el tambor 70
dry seco 43
duck el pato 48
during durante 34

E

ear la oreja 8
early temprano 93
Earth la Tierra 112
East el este 111
Easter la Pascua 63
easy fácil 40
easy chair el sillón 25
to eat comer 26
egg el huevo 88
eight ocho 122
eighteen dieciocho 122
eighth octavo 122
eighty ochenta 122
elbow el codo 10
elephant el elefante 109
elevator el ascensor 73
eleven once 122
e-mail el correo electrónico 62
empty vacío 42

end el final 117
enough suficiente 79
entrance la entrada 73
envelope el sobre 62
equal igual 45
eraser la goma de borrar 37
escalator la escalera eléctrica 77
evening la tarde 35
everybody todos 7, 64
everyday* diario* 32
everything todo 43
excited emocionado 9
exciting emocionante 115
excuse
Excuse me... *Disculpe...* 76
exit la salida 73
expensive caro 81
to explore* explorar* 110
eye el ojo 8
eyebrow la ceja 8

F

face* la cara* 8
fairground el parque de diversiones 66
fairy el hada 115
fairy tale* el cuento de hadas* 116
fall el otoño 97
to fall caerse 49
family* la familia* 14
fan el fan/la fan 58
fantasy* la fantasía* 114
far lejos 28
farm* la granja* 102
farmer el agricultor/la agricultora 103
fast rápido 93
fast-food restaurant el restaurante de comida rápida 77
father el padre 14
favorite* favorito* 56
feather la pluma 108
February febrero 97
to feel sentir 10
How do you feel?* *¿Cómo te sientes?** 12
feelings los sentimientos 51
felt-tip pen el marcador 37
female femenino 10
fence la cerca 102
fever la fiebre 12
field el campo 58
field trip la excursión 67
fifteen quince 122
fifth quinto 122
fifty cincuenta 122
to fight pelear 52
to find encontrar 49
fine
I'm fine, thanks! *¡Estoy bien, gracias!* 7
finger el dedo 10
to finish terminar 40
fire el fuego 100
firefighter el bombero 91
fireplace la chimenea 24
fireworks los fuegos artificiales 63
first primero 122
first-aid kit el botiquín de primeros auxilios 101
first name el nombre 7
fish el pez 107
fishbowl la pecera 17
fishing pescar 101
five cinco 122
flag la bandera 116
to float flotar 99
floor el piso 20, 73
florist la florería 77
flour la harina 85
flower la flor 48
flute la flauta 71
fly la mosca 101
to fly volar 93
fog la niebla 94
to fold doblar 41
to follow seguir 54
food la comida 85
foolish tonto 53
foot el pie 10
footprint la huella 108
for para 124
forehead la frente 8
forest* el bosque* 106
to forget olvidar 46
fork el tenedor 87
forty cuarenta 122
fountain la fuente 48
four cuatro 122
fourteen catorce 122
fourth cuarto 122
fox el zorro 106
free gratis 81
freeway la autopista 92
to freeze congelarse 105
Friday viernes 33
friend el amigo/la amiga 53
fries las papas fritas 89
frog la rana 101
from de/de parte de 124
front yard el jardín de enfrente 19
to frown fruncir el ceño 9
fruit la fruta 84
full lleno 42
fun* las diversiones* 50
fur el pelo 109
furniture los muebles 25

G

galaxy la galaxia 113
game* el juego* 50; el partido 59
garage la cochera 18
garlic el ajo 84
generous generoso 53
genie el genio 114
geography la geografía 39
to get recibir 30
to get along with* llevarse bien con* 51
to get around* moverse* 74
to get dressed vestirse 32
to get up levantarse 32
ghost el fantasma 114
giraffe la jirafa 109
girl la niña 14
to give dar 30
glass el vaso (container) 87; el vidrio (material) 41
glasses las gafas 25
gloves los guantes 104
glue el pegamento 37
to go ir/pasar 32, 74
goal el gol 59
goldfish el pez dorado 16
golf el golf 56
good bueno 44, 53
Good bye! *¡Adiós!* 118
gorilla el gorila 108
grammar* la gramática* 126
grandchild el nieto/la nieta 64
grandfather el abuelo 64
grandmother la abuela 64
grandparents los abuelos 64
grapefruit la toronja 85
grapes las uvas 85
grass la hierba 100
gray gris 120
Great! *¡Fantástico!* 67
green verde 120
to guess adivinar 47
guide* el guía/la guía 111, 128*
guitar la guitarra 70
gym la gimnasia 39
gymnastics la gimnasia rítmica 56

H

hair el pelo 8
hairbrush el cepillo de pelo 23
hairdresser el peluquero/la peinadora 90
hair dryer la secadora 23
half la mitad 79
half past... ... y media 123
hallway el corredor 18
Halloween el Halloween 63
ham el jamón 88
hamburger la hamburguesa 89
hammer el martillo 103
hand la mano 10
handsome guapo 13
to hang up colgar 25
happiness la felicidad 51
happy feliz 9
hard duro 42
harmonica la armónica 70
harp el arpa 70
hat el sombrero 82
to hate odiar 52
to have tener 31, 127
he él 126
head la cabeza 10
healthy sano 12
to hear oír 11
heart el corazón 121
heavy pesado 42
helicopter el helicóptero 92
Hello! *¡Hola!* 7
to help ayudar 52
helper* el ayudante* 124
hen la gallina 102

I

J

K

L

M

midnight la medianoche 123
milk la leche 85
milkshake la malteada 89
minute el minuto 123
mirror el espejo 22
to miss perder 93
mistake el error 47
to mix mezclar 27
mom/mommy la mamá 14
Monday lunes 33
money el dinero 81
monkey el mono 108
monster el monstruo 114
month el mes 123
Moo! *¡Muu!* 102
moon la luna 113
more más 44, 79
morning la mañana 35
Good morning! *¡Buenos días!* 20
the most el/la más 44
mother la madre 14
motor scooter la motocicleta 74
mountain* la montaña* 104
mouse el ratón 16, 37
mouth la boca 8
to move* mover/moverse* 54
movie la película 69
the movies* el cine* 68
movie theatre el cine 29
much
how much?* ¿cuánto?* 78
How much is it? *¿Cuánto cuesta?* 76
too much demasiado 78
museum el museo 72
mushrooms los champiñones 84
music* la música* 70
musician el músico/la música 70
mustache el bigote 8
my mi/mis 125
mystery el misterio 69

N

nail el clavo 103
name el nombre 7
My name is… *Me llamo…* 7
What's your name? *¿Cómo te llamas?* 7
napkin la servilleta 87
narrow estrecho 43
naughty travieso 53
near cerca 28
neck el cuello 10
to need necesitar 30
neighbor el vecino/la vecina 19
nephew el sobrino 64
Neptune Neptuno 112
net la red 59
never nunca 35
new nuevo 80
New Year's Eve la víspera de año nuevo 63
newspaper el periódico 24
newsstand el puesto de periódicos 77
next to al lado de 29
nice agradable 53
nickname el apodo 7
niece la sobrina 65
night la noche 35
Good night! *¡Buenas noches!* 20
nine nueve 122
nineteen diecinueve 122
ninety noventa 122
ninth noveno 122
no no 78; nada de 78
nobody nadie 64
noise el ruido 75
none nada 79
noon el mediodía 123
North el norte 111
North Pole el Polo Norte 110
nose la nariz 8
not no 124
note la nota 62
notebook el cuaderno 40
nothing nada 43
November noviembre 97
now ahora 35
number* el número* 122

O

ocean el mar 99
October octubre 97
octopus el pulpo 107
of de 124
often a menudo 34
oil el aceite 86
Oink! *¡Oink!* 102
old mayor (person) 65; viejo (thing) 80
How old are you? *¿Cuántos años tienes?* 60
omelet la omelet 88
on en 29
one uno 122
onion la cebolla 84
only sólo 124
to open abrir 19
opponent el contrincante/la contrincante 58
or o 124
orange la naranja (fruit) 85; anaranjado (color) 120
ostrich el avestruz 111
our nuestro/nuestra/nuestros/nuestras 126
out afuera 29
outside* fuera* 18
oval el óvalo 121
oven el horno 27
over sobre 29
owl el búho 106

P

page la página 40
to paint pintar 41
paintbrush el pincel 37
painter el pintor/la pintora 91
pair el par 83
pajamas el pijama 21
palm tree la palmera 110
pan la sartén 26
panda el panda 111
panther la pantera 108
pants el pantalón 82
paper el papel 41
parents los padres 15
park* el parque* 48
parrot el loro 108
party* la fiesta* 60
passenger el pasajero 92
pasta la pasta 89
path el camino 111
paw la garra 108
to pay pagar 80
peach el durazno 85
pear la pera 85
peas los chícharos 84
pen el bolígrafo 37
pencil el lápiz 37
pencil case el estuche 37
pencil sharpener el sacapuntas 37
penguin el pingüino 110
people* la gente* 90; las personas 15
pepper la pimienta 86
person la persona 15
pet* la mascota* 16
to pet acariciar 17
photograph la fotografía 25
photographer el fotógrafo/la fotógrafa 91
piano el piano 70
to pick up recoger 31
picnic el día de campo 67
picture el cuadro 24
pie el pastel 89
pig el puerco 102
pillow la almohada 20
pilot el piloto 91
pin el prendedor 82
pineapple la piña 85
pink rosa 120
pirate el pirata/la pirata 117
plant la planta 25
plastic el plástico 41
plate el plato 86
play la obra 68
to play jugar (a game) 50; tocar (an instrument) 71
player el jugador/la jugadora 58
Please… *Por favor…* 86
plum la ciruela 85
Pluto Plutón 112
pocket el bolsillo 82
point el punto 59
polar bear el oso polar 110
police officer el policía/la mujer policía 91
police station la estación de policía 73
poor pobre 80
popcorn las palomitas de maíz 61
post office la oficina de correos 73
poster el cartel 21
postcard la postal 62
pot la olla 26
potato la papa 84
potato chips las papas fritas 61
to pour servir 27
present el regalo 60
price el precio 81
prince el príncipe 116

sneakers los zapatos deportivos 59
to sneeze estornudar 12
snow la nieve 95
snowball la bola de nieve 104
snowboard el snowboard 105
snowflake el copo de nieve 104
snowman el muñeco de nieve 104
soap el jabón 23
soccer el fútbol 56
socks los calcetines 82
sofa el sofá 24
soft blando 42
soft drink el refresco 61
solid sólido 43
some unos/unas 125
I'd like some... *Un poco de...* 78
somebody alguien 64
something algo 43
sometimes a veces 34
son hijo 15
song la canción 71
soon pronto 35
sorry
I'm sorry! *¡Lo siento!* 48
soup la sopa 89
South el sur 111
South Pole el Polo Sur 110
space* el espacio* 112
spaceship la nave espacial 113
Spanish el español 39
to speak hablar 46
spell el encantamiento 114
spicy picante 87
spider la araña 101
to spill derramar 27
spinach la espinaca 84
spoon la cuchara 87
sport* el deporte* 56
spot la mancha 108
spring la primavera 96
square el cuadrado 121
squirrel la ardilla 106
stable el establo 102
stage el escenario 68
stairs las escaleras 18
stamp el timbre postal 62
to stand up ponerse de pie 54
star la estrella 113
starfish la estrella de mar 99
to start empezar 40
to stay quedarse 93
steak el bistec 89
stepmother la madrastra 65
stomach la barriga 10
to stop detener 74
store* la tienda* 76
storm la tormenta 95
story* el cuento 116
storybook el libro de cuentos 21
stove la estufa 26
straight recto 121
strange raro 115
straw la pajita 61
strawberry la fresa 85
street la calle 72
streetcar el tranvía 74
to stretch estirarse 55
string el cordel 103
string beans los ejotes 84
stripe la raya 109
strong fuerte 13
student el estudiante/la estudiante 36
subway el metro 74
sugar el azúcar 85
suit el traje 82
suitcase la maleta 92
summer el verano 96
Sun el Sol 112
sunbathing tomar el sol 98
Sunday domingo 33
sunglasses las gafas de sol 98
sunny soleado 95
sunrise el amanecer 94
sunset el atardecer 94
suntan lotion el bronceador 99
supermarket* el supermercado* 84
surfboard la tabla de surf 98
surfing hacer surf 99
Surprise! *¡Sorpresa!* 61
surprised sorprendido 9
sweater el suéter 82
sweet dulce 87
to swim nadar 99
swimming la natación 57
swimming pool la piscina 67
swing el columpio 48
sword la espada 116

T

table la mesa 26
tablecloth el mantel 87
tail la cola 109
to take tomar 31
to take care of cuidar 16
to take for a walk llevar de paseo 16
to take off quitarse 83
to talk hablar 46
tall alto 13
tambourine la pandereta 70
tape la cinta adhesiva 37
to taste probar 11
taxi el taxi 74
tea el té 88
teacher el maestro/la maestra 36
team* el equipo* 58
to tear romper 83
teddy bear el osito de peluche 21
telephone el teléfono 24
television la televisión 24
to tell contar 47
temper el carácter 52
ten diez 122
tennis el tenis 57
tent la tienda de acampar 100
tenth décimo 122
test el examen 40
Thank you! *¡Gracias!* 86
that ese/esa/eso 125
the el/la/los/las 125
theater* el teatro* 68
their su/sus 126
then luego 35
there ahí 29
thermometer el termómetro 12
these estos/estas 125
they ellos/ellas 126
thick grueso 42
thin delgado 13, 42
thing* el objeto/la cosa* 30
to think pensar 46
third el tercio (fraction) 79; tercero (in sequence) 122
thirsty: to be thirsty tener sed 12
thirteen trece 122
thirty treinta 122
this este/esta/esto 125
This is for you! *¡Esto es para ti!* 61
those esos/esas 125
thought* la idea* 46
thousand mil 122
three tres 122
throne el trono 117
through por 28
to throw lanzar 57
throw pillow el cojín 24
thumb el pulgar 10
thunder el trueno 94
Thursday jueves 33
ticket el boleto 66
to tidy up ordenar 27
tie la corbata 82
tiger el tigre 108
time* hora* 123
Once upon a time... *Érase una vez...* 116
What's the time? *¿Qué hora es?* 123
tired: to be tired estar cansado 12
tissues los pañuelos de papel 23
to a 124
toast la tostada 88
toaster el tostador 26
today hoy 34
toe el dedo del pie 10
together juntos 51
toilet el inodoro 22
toilet paper el papel higiénico 22
tomato el tomate 84
tomorrow mañana 35
tongue la lengua 8
tonight esta noche 34
tools las herramientas 103
tooth el diente 8
toothbrush el cepillo de dientes 23
toothpaste la pasta de dientes 23
torch la linterna 101
to touch tocar 11
towel la toalla 22
tower la torre 116
town* el pueblo* 72
toy el juguete 21
toy box la caja de juguetes 20
toy store la juguetería 77
track la pista de atletismo 57
tractor el tractor 102
traffic el tráfico 75

LISTA DE PALABRAS

ESPAÑOL - INGLÉS

☆ Words with an asterisk * appear in page headings.
☆ Words and phrases in italics are taken from speech bubbles.

A

a at 29; to 124
a menudo often 34
a veces sometimes 34
abajo downstairs 19
abeja (la) bee 101
abrazar to hug 15
abrigo (el) coat 82
abril April 96
abrir to open 19
abuelo (el)/abuela (la) grandfather/grandmother 64
abuelos (los) grandparents 64
aburrido
  estar aburrido to be bored 9
  ser aburrido to be boring 39
acampar* to camp* 100
acariciar to pet 17
accidente (el) accident 50
aceite (el) oil 86
actividad (la)* activity* 38, 40
actor (el) actor 68
actriz (la) actress 68
actuar to act 68
acuario (el) aquarium 67
acuerdo
  estar de acuerdo to agree 51
  no estar de acuerdo to disagree 51
¡Adiós! *Good-bye!* 118
adivinar to guess 47
adulto (el) adult 15
aeropuerto (el) airport 92
afeitarse to shave 23
afilado sharp 43
afuera out 29
agarrar to hold 30; to catch 57
agencia de viaje (la) travel agency 77
agitar to shake 31
agosto August 96
agradable nice 53
agricultor (el)/agricultora (la) farmer 103
agua (el) water 88
aguacate (el) avocado 84
agujero (el) hole 83
ahí there 29
ahora now 35
ahorrar to save 80
ajedrez (el) chess 50
ajo (el) garlic 84
ala (el) wing 108
alfombra (la) rug 20
algo something 43
algodón de azúcar (el) cotton candy 66
alguien somebody 64
al lado de next to 29
almohada (la) pillow 20
almuerzo (el) lunch 33
alrededor around 28
alto tall 13; high 55
amanecer (el) sunrise 94
amar to love 15
amarillo yellow 120
ambulancia (la) ambulance 74
amigo (el)/amiga (la) friend 53
amor (el) love 51
anaranjado orange (colour) 120
ancho wide 43
andar to walk 74
andar (en bicicleta) ride (a bicycle) 49
animal (el) animal 17
año (el) year 123
  ¿Cuántos años tienes? *How old are you?* 60
antes before 34
aparador (el) sideboard 26
apartamento (el) apartment 72
apellido (el) last name 7
apio (el) celery 84
aplaudir to clap 68
apodo (el) nickname 7
aprender to learn 38
aquí here 29
araña (la) spider 101
arañar to scratch 17
árbitro (el) referee 58
árbol (el) tree 106
árbol de Navidad Christmas tree 63
arco iris (el) rainbow 95
ardilla (la) squirrel 106
arena (la) sand 98
arenero (el) sandbox 48
armario (el) closet 21
armónica (la) harmonica 70
arpa (el) harp 70
arriba upstairs 19
arroz (el) rice 89
artes marciales (las) martial arts 56
artes y oficios* arts and crafts* 41
ascensor (el) elevator 73
astronauta (el/la) astronaut 113
atardecer (el) sunset 94
atletismo (el) athletics 56
aula (el)* classroom* 36
autobús (el) bus 74
autopista (la) freeway 92
aventura (la) adventure 114
avestruz (el) ostrich 111
avión (el) airplane 92
ayer yesterday 34
ayudante (el)* helper* 124
ayudar to help 52
azúcar (el) sugar 85
azul blue 120

B

bailar to dance 71
bailarín (el)/bailarina (la) dancer 90
bajar to go down 28
bajo short 13; low 55
balcón (el) balcony 19
ballena (la) whale 107
bambú (el) bamboo 111
banana (la) banana 84
bañarse to take a bath 23
banco (el) bench 48; bank 72
banda (la) band 71
bandeja (la) tray 86
bandera (la) flag 116
baño (el)* bathroom* 22
barato cheap 81
barba (la) beard 8
barbilla (la) chin 8
barco (el) boat 50; ship 92
barriga (la) stomach 10
básquetbol (el) basketball 57
bata de baño (la) bathrobe 22
bate (el) bat (sport) 59
beber to drink 26
bebida (la) drink 88
¡Bee! *Baa!* 102
béisbol (el) baseball 56
bello beautiful 13
besar to kiss 15
biblioteca (la) library 72
bicicleta (la) bike 48
bien
  ¡Bien hecho! *Well done!* 36
¡Bienvenido! Welcome! 24
bigote (el) mustache 8
bikini (el) bikini 98
bistec (el) steak 89
blanco white 120
blando soft 42
boca (la) mouth 8
boda (la) wedding 63
bola de nieve (la) snowball 104
boleto (el) ticket 66
bolígrafo (el) pen 37
bolsa (la) bag 85
bolsillo (el) pocket 82
bolso (el) shoulder bag 81
bombero (el) firefighter 91
bosque (el)* forest* 106
bostezar to yawn 69
bota (la) boot 104
botella (la) bottle 85
botiquín de primeros auxilios (el) first-aid kit 101
boxeo (el) boxing 56
brazo (el) arm 10

brillar shine 94
brinco: dar brincos to skip 55
brócoli (el) broccoli 84
bronceador (el) suntan lotion 99
bruja (la) witch 115
brújula (la) compass 101
¡Buenas noches! *Good night!* 20
bueno good 44, 53
¡Buenos días! *Good morning!* 20
bufanda (la) scarf 104
búho (el) owl 106
buscar to look for 49

C

caballero (el) knight 117
caballo (el) horse 102
cabeza (la) head 10
cachorro (el) puppy 16
caerse to fall 49
café (el) coffee shop 76; coffee 88; brown 120
caja (la) box 85
caja de juguetes (la) toy box 20
cajón (el) drawer 20
calabacita (la) zucchini 84
calabaza (la) pumpkin 84
calcetines (los) socks 82
calculadora (la) calculator 37
calle (la) street 72
caluroso hot 96
cama (la) bed 20
¡Es hora de ir a la cama! *It's bedtime!* 20
cámara (la) camera 60
cambiar to change 83
cambio (el)
¡Aquí tiene su cambio! *Here's your change!* 77
camello (el) camel 110
caminar to walk 74
camino (el) path 111
camión (el) truck 74
camisa (la) shirt 82
campeón (el) champion 59
campo (el)* field 58; countryside* 100
canción (la) song 71
cangrejo (el) crab 107
canguro (el) kangaroo 111
cansado: estar cansado to be tired 12
cantante (el/la) singer 70
cantar to sing 71
cara (la)* face* 8
carácter (el) temper 52
carámbano (el) icicle 105
caramelos (los) candy 61
cariñoso affectionate 15
carne (la) meat 85
carnicería (la) butcher 76
caro expensive 81
carrusel (el) carousel 66
carta (la)* letter* 62
cartas (las) cards 50
cartel (el) poster 21
cartera (la) wallet 81
cartero (el) letter carrier 91
casa (la)* house* 18
casa del perro (la) doghouse 17
cascada (la) waterfall 106
castillo (el) castle 116
castillo de arena (el) sand castle 98
catorce fourteen 122
cebolla (la) onion 84
cebra (la) zebra 109
ceja (la) eyebrow 8
celebración (la)* celebration* 63
cena (la) dinner 33
ceño: fruncir el ceño to frown 9
cepillarse los dientes to brush your teeth 23
cepillo de dientes (el) toothbrush 23
cepillo de pelo (el) hairbrush 23
cerca near 28
cerca (la) fence 102
cereales (los) cereal 85
cereza (la) cherry 84
cero zero 122
cerrar to close 19
chabacano (el) apricot 85
chamarra (la) jacket 82
chamarra para esquiar (la) ski jacket 104
champiñones (los) mushrooms 84
champú (el) shampoo 23
chícharos (los) peas 84
chimenea (la) chimney 18; fireplace 24
chocolate (el) chocolate 61
chofer (el) driver 90
cielo (el) sky 94
cien hundred 122
ciencia ficción (la) science fiction 69
ciencias (las) science 39
ciervo (el) deer 106
címbalos (los) cymbals 71
cinco five 122
cincuenta fifty 122
cine (el)* movie theater 29; the movies* 68
cinta (la) ribbon 60
cinta adhesiva (la) tape 37
cinturón (el) belt 82
circo (el) circus 66
círculo (el) circle 121
ciruela (la) plum 85
ciudad (la)* city* 72
clarinete (el) clarinet 71
claro light (not dark) 120
clase (la) class 37
clavo (el) nail 103
clima (el)* weather* 94
cobija (la) blanket 21
coche (el) car 74
cochera (la) garage 18
cocina (la)* kitchen* 26
cocinar to cook 26
cocinero (el)/cocinera (la) cook 87
cocodrilo (el) crocodile 108
codo (el) elbow 10
cojín (el) throw pillow 24
cola (la) tail 109
colgar to hang up 25
coliflor (la) cauliflower 84
colina (la) hill 100
color (el)* colour* 120
colorear to colour 41
columpio (el) swing 48
comedia (la) comedy 69
comer to eat 26
cometa (la) kite 50
comida (la) meal 27; food 85
Cómo? *How?* 125
¿Cómo estás? *How are you?* 7
comparación (la)* comparison* 44
compartir to share 52
comprar to buy 80
compras (de)* shopping* 80
computadora (la) computer 37
con with 124
concha (la) shell 99
concierto (el) concert 71
conejo (el) rabbit 17
congelarse to freeze 105
conocer to meet 51
constelación (la) constellation 113
construir to build 41
contar to count 38; to tell 47
contento happy 9
contrabajo (el) double bass 71
contrincante (el/la) opponent 58
control remoto (el) remote control 25
copo de nieve (el) snowflake 104
corazón (el) heart 121
corbata (la) tie 82
cordel (el) string 103
corona (la) crown 117
correcto right 40
corredor (el) hallway 18
correo electrónico (el) e-mail 62
correr to run 49
cortar to cut 41
cortina (la) drape 20
corto short 13
cosa (la)* thing* 30
coser to sew 83
costar to cost 81
¿Cuánto cuesta? *How much is it?* 76
cruzar to cross 74
cuaderno (el) notebook 40
cuadrado (el) square 121
cuadro (el) picture 24
¿Cuándo? *When?* 125
¿cuánto?* how much?* 78
¿cuántos?* how many?* 78
cuarenta forty 122
cuarto fourth 122;
cuarto (el) room 18; quarter 79
cuarto para... quarter to... 123
... y cuarto quarter past... 123
cuatro four 122
cubeta (la) sand bucket 98
cubiertos (los) silverware 26
cuchara (la) spoon 87
cuchillo (el) knife 87
cuello (el) neck 10
cuenta regresiva (la) countdown 113
cuento (el)* story* 116
cuento de hadas (el)* fairy tale* 116
cuerda de saltar (la) jump rope 50
cuerpo (el)* body* 10
cuidado
¡Ten/Tenga cuidado! *Be careful!* 67

cuidar to take care of 16
¡Cuídense! *Take care!* 118
cumpleaños (el)* birthday* 60
curita (la) Band-Aid 101

D

dar to give 30
dar brincos to skip 55
dar vuelta to turn 74
darse la vuelta to turn around 55
darse prisa to hurry 75
¡Date prisa! *Hurry up!* 67
de of; from 124
de parte de from 124
¿De verdad? *Really?* 60
debajo under 29
débil weak 13
décimo tenth 122
decir to say 47
dedo (el) finger 10
dedo del pie (el) toe 10
dejar to leave 48
¡Déjame tranquilo! *Leave me alone!* 48
dejar caer to drop 30
delantal (el) apron 86
delante de in front of 28
delfín (el) dolphin 107
delgado thin 13, 42
delicioso delicious
¡Esta delicioso! *It's delicious!* 86
demasiado too much 78
demasiados too many 78
dentista (el/la) dentist 91
dentro in 29; inside* 18
deporte (el)* sport* 56
derecha right 75
derramar to spill 27
derretir to melt 105
desafilado blunt 43
desayuno (el) breakfast 32
describir* to describe* 13
desierto (el) desert 110
despertador (el) alarm clock 21
despertarse to wake up 32
¡Despierta! *Wake up!* 20
después after 34; then 35
destornillador (la) screwdriver 103
desván (el) attic 18
detener to stop 74
detergente (el) detergent 85
detrás behind 28
día (el) day 33, 35, 123
¡Que tengan un buen día! *Have a nice day!* 118
día de campo (el) picnic 67
día de San Valentín (el) Valentine's Day 63
día festivo (el)* holiday* 63
día libre (el)* day off* 66
diario* everyday* 32
dibujar to draw 38
dibujo animado (el) cartoon 69
diciembre December 97
diecinueve nineteen 122
dieciocho eighteen 122
dieciseis sixteen 122
diecisiete seventeen 122
diente (el) tooth 8
diez ten 122
diferente different 45
difícil difficult 40
dinero (el) money 81
dirección (la) address 62
disculpar
Disculpe... *Excuse me...* 76
disfraz (el) costume 63
diversiones (las)* fun* 50
doblar to fold 41
doce twelve 122
doctor (el)/doctora (la) doctor 90
domingo Sunday 33
¿Dónde? *Where?* 125
dormir to sleep 33
dos two 122
dragón (el) dragon 116
dulce sweet 87
durante during 34
durazno (el) peach 85
duro hard 42

E

edificio (el) building 72
ejotes (los) string beans 84
él he 126; it 126
el the 125
elefante (el) elephant 109
elegir to choose 80
ella she 126; it 126
ellos/ellas they 126
emocionado excited 9
emocionante exciting 115
emparedado (el) sandwich 61
empezar to start 40
empujar to push 49
en on 29
encantamiento (el) spell 114
encantar
¡Encantado/a de conocerte! *Nice to meet you!* 7
encontrar to find 49
enero January 97
enfermo ill 12
enojarse to be angry 9
enojo (el) anger 51
ensalada (la) salad 89
enseñar to show 50
entender to understand 47
entero whole 79
entrada (la) entrance 73
entre between 29
entrenador (el)/entrenadora (la) coach 58
enviar to send 62
equipo (el)* team* 58
error (el) mistake 47
esa that 125
esas those 125
escalera de mano (la) ladder 103
escalera eléctrica (la) escalator 77
escaleras (las) stairs 18
escenario (el) stage 68
escoba (la) broom 26
esconder to hide 49
escorpión (el) scorpion 110
escribir to write 38
escritor (el)/escritora (la) writer 90
escritorio (el) desk 36
escuchar to listen to 11
escudo (el) shield 116
escuela (la) school 72
ese that 125
eso that 125
esos those 125
espacio (el)* space* 112
espada (la) sword 116
espalda (la) back 10
español (el) Spanish 39
espejo (el) mirror 22
espeluznante scary 115
esperar to hope 47; to wait 67
¡Esperenme! *Wait for me!* 67
espinaca (la) spinach 84
esposa (la) wife 65
esquina (la) corner 72
esquiar ski 105
esquís (los) ski 104
esta this 125
esta noche tonight 34
establo (el) stable 102
estación (la)* season* 96
estación de policía (la) police station 73
estación de tren (la) railroad station 92
estante (el) shelf 20
estar to be 127
¿Cómo estás? *How are you?* 7
¡Estoy bien, gracias! *I'm fine, thanks!* 7
estas these 125
este (el) East 111
este this 125
estirarse to stretch 54
esto this 125
¡Esto es para te! *This is for you!* 61
estornudar to sneeze 12
estos these 125
estrecho narrow 43
estrella (la) star 113
estrella de mar (la) starfish 99
estrella fugaz (la) shooting star 113
estuche (el) pencil case 37
estudiante (el/la) student 36
estufa (la) stove 26
examen (el) test 40
excursión (la) field trip 67
explorar* to explore* 110
extraterrestre (el) alien 113

F

fácil easy 40
falda (la) skirt 82
familia (la)* family* 14
fan (el/la) fan 58
fantasía (la)* fantasy* 114
fantasma (el) ghost 114
farmacia (la) drug store 77

G

H

I

J - K

L

leer to read 38
lejos far 28
lengua (la) tongue 8
lento slow 54
león (el) lion 109
letrero (el) sign 72
levantar to lift 31
levantarse to get up 32
librería (la) bookstore 76
librero (el) bookcase 36
libro (el) book 36
libro de cuentos (el) storybook 21
ligero light (not heavy) 42
limón (el) lemon 85
limpiar to clean 26
limpio clean 42
linterna (la) flashlight 101
líquido (el) liquid 43
lista del supermercado (la) shopping list 84
llamar to call 62
  ¿Cómo te llamas? *What's your name?* 7
  Me llamo… *My name is…* 7
llamar a la puerta knock 19
llave (la) key 19
llegar to reach 75
lleno full 42
llevar to carry 30
llevarse bien con* to get along with* 51
llorar to cry 69
lluvia (la) rain 94
lluvioso rainy 95
lobo (el) wolf 106
loro (el) parrot 108
los the 125
luna (la) moon 113
lunes Monday 33
luz (la) light (lamp) 24

M

madera (la) wood 41
madrastra (la) stepmother 65
madre (la) mother 14
maestro (el)/maestra (la) teacher 36
magia (la) magic 115
mago (el) wizard 115
mago (el)/maga (la) magician 66
maíz (el) corn 84
maleta (la) suitcase 92
malo bad 44, 53
malteada (la) milkshake 89
mamá (la) mom/mommy 14
mañana tomorrow 35
mañana (la) morning 35
mancha (la) spot 108
mandar to send 62
manejar to drive 74
mano (la) hand 10
mantel (el) tablecloth 87
mantequilla (la) butter 85
manzana (la) apple 85
mapa (el) map 36
máquina (la) machine 103
mar (el) ocean 99
marcador (el) felt-tip pen 37
marcar puntos to score 59
marido (el) husband 65
marioneta (la) puppet 21
mariposa (la) butterfly 101
marisco (el) seafood 89
Marte Mars 112
martes Tuesday 33
martillo (el) hammer 103
marzo March 96
más more 44, 79
más (el/la) the most 44
mascota (la)* pet* 16
masculino male 10
matemáticas (las) math 39
mayo May 96
mayor old 65
media: … y media half past… 123
medianoche (la) midnight 123
medicina (la) medicine 12
mediodía (el) noon 123
medir to measure 31
mejilla (la) cheek 8
mejor better 44
mejor (el/la) the best 44
menos less 45, 79
menos (el/la) the least 45
mentira (la) lie 51
menudo: a menudo often 34
Mercurio Mercury 112
merienda (la) snack 27
mermelada (la) jelly 85
mes (el) month 123
mesa (la) table 26
mesera (la) waitress 86
mesero (el) waiter 86
metal (el) metal 41
metro (el) subway 74
mezclar to mix 27
mi/mis my 126
¡Miau! *Meow!* 102
micrófono (el) microphone 71
microondas (el) microwave 27
miedo: tener miedo to be scared 9
miel (la) honey 85
miércoles Wednesday 33
mil thousand 122
minuto (el) minute 123
mirar to look at 11
mismo same 45
misterio (el) mystery 69
mitad (la) half 79
mochila (la) backpack 37, 100
mojado wet 43
moneda (la) coin 81
mono (el) monkey 108
monstruo (el) monster 114
montaña (la)* mountain* 104
morado purple 120
morder to bite 17
mosca (la) fly (insect) 101
mostrar to show 50
motocicleta (la) motor scooter 74
mover/moverse* to move* 54
moverse* to get around* 74
movimiento (el) action 54
mucho/muchos a lot (of) 78
muebles (los) furniture 25
mujer (la) woman 14
mujer de negocios (la) businesswoman 91
mundo (el)* world* 110, 114
muñeca (la) doll 21
muñeco de nieve (el) snowman 104
murciélago (el) bat (animal) 106
museo (el) museum 72
música (la)* music* 70
músico (el)/música (la) musician 70
¡Muu! *Moo!* 102
muy very 45

N

nada nothing 43; none 79
  nada de no 78
nadar to swim 99
nadie nobody 64
naranja (la) orange (fruit) 85
nariz (la) nose 8
natación (la) swimming 57
nave espacial (la) spaceship 113
navegar to sail 93
Navidad (la) Christmas 63
necesitar to need 30
negro black 120
Neptuno Neptune 112
niebla (la) fog 94
nieto (el)/nieta (la) grandson/granddaughter 64
nietos (los) grandchildren 64
nieve (la) snow 95
niña (la) girl 14; child 15
niño (el) boy 14; child 15
no no 78; not 124
  No, no tengo. *No, I don't have any.* 78
noche (la) night 35
  esta noche tonight 34
nombre (el) name/first name 7
norte (el) North 112
nosotros we 126
nota (la) note 62
noveno ninth 122
noventa ninety 122
noviembre November 97
nube (la) cloud 94
nublado cloudy 95
nuestro/nuestra/nuestros/nuestras our 126
nueve nine 122
nuevo new 80
número (el)* number* 122
nunca never 35

O

o or 124
objeto (el)* thing* 30
obra (la) play (theater) 68
ochenta eighty 122
ocho eight 122
octavo eighth 122
octubre October 97
odiar to hate 52
oeste (el) West 111

oficina de correos (la) post office 73
¡Oink! *Oink!* 102
oír to hear 11
ojo (el) eye 8
ola (la) wave 99
oler to smell 11
olla (la) pot 26
olvidar to forget 46
omelet (la) omelet 88
once eleven 122
ordenar to tidy up 27
oreja (la) ear 8
oscuro dark 120
osito de peluche (el) teddy bear 21
oso (el) bear 106
oso polar (el) polar bear 110
otoño fall (season) 97
óvalo (el) oval 121
oveja (la) sheep 102
OVNI (el) UFO 113

P

padre (el) father 14
padres (los) parents 15
pagar to pay 80
página (la) page 40
pájaro (el) bird 101
pajita (la) straw 61
pala (la) shovel 98
palabra (la)* word* 46
palmera (la) palm tree 110
palomitas de maíz (las) popcorn 61
palos de esquí (los) ski poles 104
pan (el) bread 86
panadería (la) bakery 76
panda (el) panda 111
pandereta (la) tambourine 70
pantalla (la) screen 37
pantalón (el) trousers 82
pantalones cortos (los) shorts 82
pantera (la) panther 108
pantuflas (las) slippers 21
pañuelos de papel (los) tissues 23
papá (el) dad/daddy 14
papa (la) potato 84
papas fritas (las) potato chips 61; fries 89
papel (el) paper 41
papel higiénico (el) toilet paper 22
par (el) pair 83
para for 124
paraguas (el) umbrella 94
pared (la) wall 18
pariente (el/la) relative 65
parque (el)* park* 48
parque de diversiones (el) fairground 66
parte: de parte de from 124
partido (el) game 59
pasajero (el) passenger 92
pasar to go 74
  ¡Pasa! *Come in!* 24
Pascua (la) Easter 63
paseo walk 16
  llevar de paseo to take for a walk 16
pasta (la) pasta 89
pasta de dientes (la) toothpaste 23
pastel (el) cake 60; pie 89
patear to kick 50
patines de hielo (los) ice skates 105
patines en línea (los) in-line skates 50
patineta (la) skateboard 50
pato (el) duck 48
pavimento (el) sidewalk 73
payaso (el) clown 66
pecera (la) fishbowl 17
pecho (el) chest 10
pegamento (el) glue 37
pegar to hit 52
peinadora (la) hairdresser 90
peine (el) comb 22
pelear to fight 52
película (la) movie 69
película del oeste (la) Western 69
pelo (el) hair 8; fur 109
pelota (la) ball 50
peluquero (el) hairdresser 90
pensar to think 46
peor worse 44
peor (el/la) the worst 44
pepino (el) cucumber 84
pequeño small 42; little* 124
pera (la) pear 85
perder to lose 57; to miss 93
perdido lost 75
perezoso lazy 55
periódico (el) newspaper 24
periodista (el/la) journalist 90
pero but 124
perro (el) dog 16
perseguir to chase 49
persona (la) person 15
pesado heavy 42
pesar weigh 31
pescar fishing 101
pez (el) fish 107
pez dorado (el) goldfish 16
piano (el) piano 70
picante spicy 87
pie (el) foot 10
pierna (la) leg 10
pijama (el) pajamas 21
piloto (el) pilot 91
pimienta (la) pepper 86
pimiento (el) bell pepper 84
piña (la) pineapple 85
pincel (el) paintbrush 37
pingüino (el) penguin 110
pintar to paint 41
pintor (el)/pintora (la) painter 91
pirata (el/la) pirate 117
piscina (la) swimming pool 67
piso (el) floor 20, 73
pista de atletismo (la) track 57
pista de esquiar (la) ski slope 105
pizarra (la)/pizarrón (el) chalkboard 36
planchar to iron 27
planta (la) plant 25
plástico (el) plastic 41
platillo (el) saucer 86
plato (el) dish 26; plate 86
playa (la)* beach* 98
pluma (la) feather 108
Plutón Pluto 112
pobre poor 80
poco: un poco a little 45, 78
poder can (able to) 55
  ¿En qué le puedo ayudar? *Can I help you?* 76
policía (el)/mujer policía (la) police officer 91
pollo (el) chicken 89
Polo Norte (el) North Pole 110
Polo Sur (el) South Pole 110
poner to put 31
ponerse to put on 83; to wear 83
ponerse de pie to stand up 54
por through 28
Por favor... *Please...* 86
¿Por qué? *Why?* 125
Porque... *Because...* 125
postal (la) postcard 62
postre (el) dessert 89
práctico sensible 53
precio (el) price 81
pregunta (la) question 46
preguntar to ask 46
prendedor (el) pin 82
preocuparse
  ¡No te preocupes! *Don't worry!* 36
primavera (la) spring 96
primero first 122
primo (el)/prima (la) cousin 64
princesa (la) princess 117
príncipe (el) prince 116
prisa: darse prisa to hurry 75
  ¡Date prisa! *Hurry up!* 67
probar to taste 11
problema (el) problem 47
pronto soon 35
pronunciación (la)* pronunciation* 128
público (el) audience 70
pueblo (el)* town* 72
puente (el) bridge 72
puerco (el) pig 102
puerta (la) door 18
puesto de periódicos (el) newsstand 77
pulgar (el) thumb 10
pulpo (el) octopus 107
punto (el) point 59
  hacer puntos to score 59

Q

¿Qué? *What?* 125
  ¿Qué es? *What is it?* 61
  ¿Qué te pasa? *What's the matter?* 48
quedarse to stay 93
quedarse con algo to keep 30
querer to want 30
  ¿Quieres...? *Would you like...?* 86
  Quiero... *I'd like...* 76
queso (el) cheese 85
¿Quién? *Who?* 125
  ¿Quién es? *Who is it?* 24
quince fifteen 122
quinto fifth 122
quitarse to take off 83

tienda de acampar (la) tent 100
tienda de ropa (la) clothing store 76
tiendas departamentales (las) department store 77
Tierra (la) Earth 112
tigre (el) tiger 108
tijeras (las) scissors 37
timbre de la puerta (el) doorbell 19
timbre postal (el) stamp 62
tímido shy 53
tina (la)* bathtub 22
tío (el) uncle 64
tirar to pull 49
tirarse de cabeza to dive 99
tiza (la) chalk 36
toalla (la) towel 22
tobogán (el) slide 48
tocar to touch 11; to play (an instrument) 71
  ¡Me toca a mí! *My turn!* 48
tocino (el) bacon 88
todo all 79; everything 43
todos all 79; everybody 7, 64
tomar to catch 93; to take 31
tomar el sol sunbathing 98
tomate (el) tomato 84
tonto foolish 53
tormenta (la) storm 95
toronja (la) grapefruit 85
torre (la) tower 116
tortuga (la) turtle 16
tos (la) cough 12
tostada (la) toast 88
tostador (el) toaster 26
trabajar to work 32
trabajo (el)* work* 90
tractor (el) tractor 102
traer to bring 30
tráfico (el) traffic 75
traje (el) suit 82
traje de baño (el) bathing suit 98
tranvía (el) streetcar 74
trasero (el) bottom 10
travieso naughty 53
trepar to climb 54
trece thirteen 122
treinta thirty 122
tren (el) train 92
tres three 122
triángulo (el) triangle 121
trineo (el) sled 105
triste sad 9
tristeza (la) sadness 51
trofeo (el) trophy 59
trombón (el) trombone 71
trompa (la) trunk 109
trompeta (la) trumpet 70
trono (el) throne 117
trueno (el) thunder 94
tu/tus your 126
tú you 126

U

último last 122
un/una a/an 125
un poco a little 45, 78
uno one 122
uniforme (el) uniform 59
unirse* to join* 58
Urano Uranus 112
usar to use 31
usted/ustedes you 126
uvas (las) grapes 85

V

vaca (la) cow 102
vacaciones (las) vacation 92
vacío empty 42
vampiro (el) vampire 114
vaquero (el) cowboy 117
varita mágica (la) magic wand 115
vaso (el) glass (container) 87
veces: a veces sometimes 34
vecino (el)/vecina (la) neighbor 19
veinte twenty 122
vela (la) candle 60
veloz quick 54
venda (la) bandage 101
vender to sell 80
venir to come 67
ventana (la) window 18
ventoso windy 95
Venus Venus 112
ver to see 11
verano (el) summer 96
verdad (la) truth 51
  ¿De verdad? *Really?* 60
verde green 120
verduras (las) vegetables 84
vestido (el) dress 82
vestirse to get dressed 32
veterinario (el)/veterinaria (la) vet 91
vez
  Érase una vez… *Once upon a time…* 116
viajar* to travel* 92
viaje (el) trip 92
videocasetera (la) VCR 24
videojuego (el) video game 25
vidrio (el) glass (material) 41
viejo old 80
viento (el) wind 95
viernes Friday 33
vinagre (el) vinegar 86
violín (el) violin 71
violonchelo (el) cello 71
visitar to visit 62
víspera de año nuevo (la) New Year's Eve 63
vivir to live 19
volar to fly (move through air) 93
vóleibol (el) volleyball 57
volver to come back 93
volverse to become 68
voz (la) voice 71
vuelta
  dar vuelta to turn 74
  darse la vuelta to turn around 55

X - Y

xilófono (el) xylophone 71
y and 124
yo I 126
  ¡Soy yo! *It's me!* 24
yogur (el) yogurt 88

Z

zanahoria (la) carrot 84
zapatería (la) shoe store 76
zapatos (los) shoes 82
zapatos deportivos (los) sneakers 59
zoológico (el) zoo 67
zorro (el) fox 106